確信的未知

美國人筆下的中國黑色喜劇

〔美〕艾沙姆·庫克 著
黃多多 譯

Magic Theater Books

確信的未知：美國人筆下的中國黑色喜劇
［美］艾沙姆 · 庫克／著
黃多多／譯
王忱／封面設計
魔幻劇場出版社，2014.3
ISBN 978-0-9862934-7-4

目錄

引言 1

死纏爛打的人 9
招惹性格有缺陷的中國女人需要面臨的後果

確信的未知 17
一場曖昧的師生關係招致的難以言喻的麻煩

一次道歉 25
在一家中國禮品店因溝通障礙遭遇場面失控

iProstitution 31
iProstitution: 用感情和身體與男人交換最新款蘋果產品

動物園服裝市場事件 37
不合作的顧客遇上的麻煩事

她來了！ 44
出沒於北京和上海專門誘捕男性的尤物

情人 49
同時擁有多個女人帶來的快樂

小市儈和暴脾氣 56
發生在北京地鐵上的暴力事件

你所知道的，你已經知道了 61
當我們不得不需要揮動鞭子

一場小意外 69
中國人的碰瓷藝術

裸體畫謎案 77
在不知情的情況下一大學班級所有女生都被畫了裸體像

發生在飯館的時空錯位 90
不時穿越回過去的北京掃興就餐記

好老師，壞老師 100
某英語學院與一名特立獨行外教之間排斥又依賴的故事

誘惑 117
瞭解越多反而越神秘的山東女人

神經官能症的奇妙益處 124
一個性癮患者決心去遍中國每一家按摩場所

家 142
一次令人無法想像的拜訪中國家庭經歷

讓陽光照進來 151
一老外有些倉促地，讓中國女孩嘗試了致幻劑

吻痕 163
女人用嘴巴在男人身上刺青需要付出的代價

重啟 174
一台性機器人需要送修

惜精 201
陰陽人所講述的道哲學

引言

　　臺灣導演蔡明亮的電影《天邊一朵雲(2005)》故事背景設置在假想中嚴重乾旱的臺北，水價被抬高到比西瓜還貴。在電影開篇場景裡，A片男演員頭頂西瓜殼與日本AV女優做愛；他將另一半的西瓜放在她雙腿間，把大拇指放在果肉裡面抽插，然後又跟西瓜性交。之後一幕比一幕更驚人，依次出現門廳、過街天橋和空地的長鏡頭，張力十足。中間還穿插著華麗的歌舞，用以表現男主角壓抑的幻想世界。另外劇中人物都一直在喝西瓜汁而不是水，糖從毛孔滲出來、招引蚊蟲，有一場戲就是一名歇斯底里的女子為驅趕蟲子，在擁擠的電梯裡撕下自己的上衣和胸罩。

　　電影裡另外一個女性角色執著地不斷往塑膠瓶裡裝西瓜汁，並對她的行李箱念念不忘（蔡明亮電影裡的所有角色都似乎患有深度的強迫症），她與男主角在蔡明亮另外一部精彩作品《你那邊幾點？（2001）》中遇到的女人可能是，也可能不是同一個人。在那部電影裡，男主角兜售手錶，而女主角為逃避寂寞踏上毫無意義的巴黎之旅。他們重逢，並像是兩個來自不同星球的聾子和啞巴，在悸動的沉默和幾近無聲的對話中，掙扎著相互靠近。他們的絕望在電影結尾處被明顯放大：男主角在同日本女優拍攝一部新的A片時，女主角站在窗外看著。他們相互注視時臉上所表現出的私密恐懼感是別的電影中從未有過的——介於保羅·德爾沃所畫的頹廢女人和愛德華·蒙克繪製的《吶喊》之間——之後他跳起來，在女主角的口中完成了高潮，而這部怪異的電影也在這一幕令人不安的氣氛中結束。

　　而與這種激進的美學主義截然不同的，是在中國大陸仍處於統治地位的無產階級美學，與社會主義寫實主義風格只有一代人之隔，並且同樣無趣。沒有來自對立面的意識，根本不存在其他可供選擇的電影。而那些為數不多的中國"文藝"電影僅有的市場也只是在國外舉行的國際電影節。即便是如今，整個電影市場像是被一個巨大的推土機全部碾成了扁平狀，沒有一個倖存者。最後一部在大陸製作的具有鮮明特質的電影得追溯到1972年米開朗基羅·安東尼奧尼（當時毛澤東邀請他拍攝一部歌頌中國的電影）拍攝的有關文化大革命的紀錄片：《中國》。那部電影的確是歌頌性質的，但風格與通常轟炸式的政治宣傳大相徑庭。其後 "打倒安東尼奧尼"運動被發起，上百萬不明就裡的群眾團結起來走向街頭，而實際上，對那部電影，以及最新編造的所謂國家危機的背後真相，他們全然不知。

　　二十年後，中國電影興起了一股專為出口西方而製作的風潮，由張藝謀和陳凱歌為代表。那時我恰好在北京教書，我仍記得那些電影所引起的小騷動，當時它們在中國被禁播，國家媒體對其均持負面態度。而我的學生們，通過私下廣為傳閱的錄影帶觀看了那些電影的模糊畫質版本，觀後感全是鸚鵡學舌地複述國家媒體的態度（倒也難怪，畢竟根本沒有不同意見的存在）。然而這些批評不無道理。張藝謀和陳凱歌被指責為徹頭徹尾的投機主義者，迎合外國人的口味，將中國描繪成神秘陌生的、充滿悲劇的國家，而這也是當時西方對中國全部、僅有的認識。其具體體現為張藝謀在《大紅燈籠高高掛》中表現的一夫多妻制下女性的粗暴遭遇，《活著》中對文化大革命的貶損，還有陳凱歌的《霸王別姬》中上演的 "不瘋魔不成活"。

　　西方習慣於將中國視作一個悲劇國度，偏愛那些在被壓迫和蹂躪的人們身上發生的悲慘但感人的故事，以及這些人身上表現出來的和他們的物質條件成反比的人性當中的

"善"。這一傳統可以追溯到賽珍珠的《大地》以及老舍的《駱駝祥子》。如果電影沒有迎合這種中國悲劇文化的刻板印象，就會被忽視，尤其是喜劇電影，例如，姜文導演的那部令人愉悅的、故事背景設置為文化大革命期間的《陽光燦爛的日子》，還有馮小剛導演的那部在北京取景、辛辣老道的現代喜劇《一聲歎息》。這兩部電影均被美國的發行商忽視了，但它們的確分別在威尼斯和開羅電影節上引起了一些關注。這兩部電影也均未在大陸被禁。

然而如今的中國電影如果**不是**喜劇，而訴諸集體不幸或者官僚腐敗等主題，則通常無法通過中國的電影審查，卻會受到國外發行方的青睞。其中一部以當代中國為背景，符合對"壓抑的中國"這一刻板印象，並因對政治現狀的隱晦抨擊而在西方被推崇備至的電影是李楊導演的《盲井》，講述的是兩名罪犯合謀殺死了一名煤礦工人，之後又冒充工人的親屬騙取賠償金的故事。但此類電影終究會走入死胡同，在當下盛行傳統功夫史詩大片的中國與好萊塢合作拍片的時代，連喜歡尖銳政治電影的觀眾都在變得越來越少。畢竟"神秘陌生的中國"才是安全牌。

關於中國以及源自中國的文學也是同樣的境況，要麼是悲劇路線，要麼是神秘陌生路線，要麼是介於兩者之間的煽情路線，向我們兜售著一個同我們如出一轍、討喜的民族，如果不那麼相似的話也是因為它們都起了悲苦壓抑的名字，仿若來自有如香格里拉一樣遙遠又淒苦的土地：《鴻》、《紅杜鵑》、《雪花》、《甲骨》、《接骨師的女兒》、《妾的女兒》、《饑餓的女兒》、《竹林女兒》、《桃花亭》、《靈山》、《苦風》、《回首來路時》、《無言的淚水》、《等待》等等。而最近又興起一股截然不同的風潮，但也是同樣充滿異域風情：發生在中國的謀殺案。無害之娛。

　　若真是無害之娛倒也罷了。中國是能帶來娛樂性質的，但並不一定無害。我發現當我寫到一些在這兒發生的真人真事時，給許多西方讀者造成了不小的困擾，特別是若涉及到中國人性生活，或者中國人與外國人性交（除非是小心翼翼地設計在歷史背景下的愛情故事）。並不是性行為本身的錯，而是其發生是否得體的問題。正如文化理論學者在許久之前就發現的那樣（可追溯至愛德華·薩義德的《東方主義》），我們關於中國的書籍（以及被選擇翻譯成英文的中文書籍）與其說是和中國這個地方有關，倒不如說是與我們自身的焦慮不安和先入為主的觀念有關。東方人寫的書籍以及有關東方的書籍只不過是西方文化借用的工具，以政治正確性之名的控訴，我們自己性文化垃圾的處理廠——反正不是與他者的如實互動和交流。

　　若要試圖不受任何刻板印象的束縛來描寫這個國家，應從鮮活的直觀經驗開始，感受這裡一切事物的質地和紋理。來此之後，人們開始發覺，這兒的確是不同的，儘管不同的方式並不總是與我們原本期待的一致。將你的手拂過中國的表面，你就會感受到。再去任何其他地方，不管是臺灣，日本和韓國，請注意那兒的建築品質，特別是那些簡直如地下寺廟一樣的地鐵站，建造得比任何其他建築都要堅固和持久。反觀中國的新建地鐵站，它們很快就需要重建，因為不法承包商在水泥中摻土，下雨後天花板漏水或者地鐵站乾脆在完工前就已經塌了。即便沒有腐敗現象，開發商也會確保高層住宅區和寫字樓壽命不會超過25-30年，這樣到時他們才能拆了重建。隨處可見的斑駁玻璃和黑色鉻合金，閃閃發光的外表已開始掉色並佈滿灰塵；一層沙上面鋪上磚就是人行道了，而當人們開始在這凹凸不平的地面上行走會摔跤和崴腳時，就再重新把磚鋪一遍。一切似乎就在你眼前分崩離析，仿佛置身于菲力浦·狄克的某部小說一般，你拼命向前奔跑，現實就在你身後土崩瓦解。

友誼，也有著相似的易碎質地。人們像電視卡通秀那樣突兀地跳入和跳出你的生活（不過你們總是可以**假裝**你們是朋友，反正真的朋友和假裝朋友又有多大區別呢？）。據觀察，相比其他國家的人，中國人出軌、分手和離婚時要更為平靜，沒那麼多糾纏。對情感做"計畫報廢"，對其消亡早有準備，這從經濟、得失角度來講是明智的，因其可以加快生活的節奏，還可避免圍於內心的愧疚或者精神危機。這並不是說他們沒有能力維持長久的友誼或者建造牢固的建築；若對於他們是適宜的，中國人可以達成最高的品質標準。

"計畫報廢"也不一定是一種較劣等的工藝，反而是一項十分精確、標準化的工藝。把這個國家想成一部巨大的手機吧，它期望將自身改造成最尖端的產品。要做到這一點，所有東西都必須是非耐用品、可隨時被替換。只有一個能不斷自我更新的國家，才能將各個部件模組化地整合在一起，進而整體升級。對於古老結構和版本的情感留戀只會為這種不斷更新帶來阻礙，必須將一切保持在新鮮狀態意味著不僅僅是要對傳統進行革新，而是要將其徹底取代。

然而，在如此大規模地進行這項工程時，問題出現了。一個全國上下一直處於變化、更新狀態的國家必須不停加速以保持平衡和動力。不穩定因素會導致整個巨大裝置爆炸，或像豆腐渣學校那樣坍塌成一地碎石嗎？又或者中國能最終找到其最佳狀態並保持穩定，直到發展得異常強大，它可以收購一切，摧毀世界其他國家的主權界限並將其全部變為自己的殖民經濟特區，以讓自身財富得到幾何級數的增長，而成為整個人類史上最為繁榮的帝國？兩種猜想都有可能發生，而所有人都毫無頭緒結果到底會如何，我相信，這也讓中國成為當今最令人著迷的居住地和寫作對象。

　　我選用"傳說 (Tales)"而不是"短篇故事 (Short Stories)"[1] 作為文學創作的介質有著諸多原因。語言一直是經歷著語義學變化的。"短篇故事"對如今的年輕人而言，意味已大不相同，熟悉該詞的舊時文雅讀者群已在萎縮，並很快將會被替代。年輕人傾向于認為短篇故事是短篇新聞故事。虛構類小說和非虛構類小說的區別太過模糊，這甚至讓一些知名作家也為之牽累，他們將大實話和修辭手法相混淆，因而被指責剽竊，而實際上幾乎一切皆為修辭。同時出版社和作者也會雇傭調查員為充滿註腳的小說進行事實確認。我想這問題一定會得以解決，而這其中的區別最終也將失去可操作性。從某種意義上來說，這將會是一個令人如釋重負變化——封面不用再貼上"小說"的標籤，書的背面也不用再注明"虛構類"，因為這都無關緊要了（不過新的至關重要的區分又有可能出現）。

　　於我自身的創作而言，並為清晰起見，對於某些區別，我仍然要堅持。我支援虛構類和非虛構類的傳統劃分，但也承認這其中可以有靈活解釋的空間。我寫的故事是虛構類。有些是完全編造的創作，但在當今中國的背景下看來完全合乎情理，並與我的在華生活經驗相吻合。其他的故事確有其事，發生在我或其他人身上，我儘量如實地將它們記錄了下來。而作為虛構故事作者，我最後一項特權是可以有一定自

---

[1] 按照中文翻譯習慣，"Tales"和"Stories"都可譯成"故事"，其區別不大，但在英文中具有作者所強調的區別，為明確起見，下文中這兩個詞分別譯成"傳說"和"故事"。而為了同時既符合中文翻譯習慣又尊重作者對二者區分的堅持，在翻譯本書標題"The Exact Unknown and Other Tales of Modern China"時，"Tales"被處理成"黑色喜劇"。

由，進行一些光影效果的調整，這一榔頭，那一棒槌的雕琢。你也無需知道任何人物的真實姓名，或者真實地點，或者哪兩個相似的人物、事件可能被揉合成了一個整體以製造必要的戲劇效果。

　　基於上述原因，傳說開始成為現代故事敘述的一項全新有價值的工具。"傳說"，我猜大多數人會聯想到童話傳說，一個古老的故事或者傳奇，因其屬於文化集體意識而起源或作者不詳，除非某個後起作家恰好用一種難忘的方式重新演繹了這個傳說，將充滿想像力的創作同傳統融合了起來；或者某個作家因為平白無故編造的一個傳說而獲得頗高知名度（華盛頓·歐文的《遊客談》，納旦尼爾·霍桑的《重講一遍的故事》和愛倫·坡的《怪異故事集》[2] 皆屬此類）。幾乎19世紀所有的短篇虛構小說都被稱為"傳說"，直到當代的某個時候，"傳說"和"故事"（之後稱為"短篇故事"）之間的區別才開始顯現。如今卻出現了有趣的逆轉，短篇故事，這一歷史悠久的題材在風格上約束頗多，而已經變成作家們需要回避的障礙，它們儀式性地出現在文學雜誌裡，再被選擇集結出版，而傳說則似乎成為屬於過去的事物，幾乎微不足道，現以小孩和老人為閱讀人群。

　　儘管從長度、結構或者內容來說，傳說和短篇故事之間幾乎沒有區別，但它們的目的是不同的。傳說不像一般的文學作品那樣，創造和潤飾完成後即被用作接受評論界鑒賞或者選入某本獲獎選集中，它並不意圖被反復閱讀，而意在被複述、口耳相傳或最終出現在另一個人的筆下。短篇故事的作者在得知他們心愛的作品被如何篡改或以其他方式抄襲

---

[2] 这三本书的英文原标题都使用了"Tale"一词，也就是作者此处所说的"传说"，但是上述书籍的中文翻译都没有将该词直接翻译成"传说"，而分别处理成了"谈"、"故事"。

時，都會驚訝不已。而一個傳說的寫作者希冀的卻正是這樣的結果。傳說被並不嚴謹地流傳著，通過這種口耳相傳的煉金術，成為來源不詳的佚名之金，抽絲剝繭地只剩下精華，人們可以盡情據為己有，而絲毫不用擔心作者是誰——因為傳說本身的怪異特徵已弱化和模糊了作者的身份，正如在我們早已忘記蔡明亮這個名字的時候，他的作品卻在腦海中記憶猶新。

艾沙姆・庫克
2014年於北京

死纏爛打的人

招惹性格有缺陷的女人需要面臨的後果

關於泡妞有個由來已久的說法，那就是死纏爛打，終有成功之時。"別放棄"、"堅持努力"，自高中以來，每每在執行"將女人哄上床"這項永無止境的任務時我都會經常聽到這樣的意見。在中國，人們似乎更篤定地相信這一忠告，事實上，我遇到過無數中國女人將此金科玉律應用在我身上。我猜這大概與中國文化中特有的重數量而非品質的觀念相關：多多益善。我們會認為這簡直好比抓著你的頭往牆上撞，但在中國人看來，那一聲聲"砰砰砰"的撞擊是行之有效的，因為人總歸硬不過牆，你抓著對方死死不放手，他總有一天會屈服。也有人說這大概也是因為中國人口繁多，資源卻十分有限，堅持要、反復要大概是唯一的辦法。

格蕾絲在我這兒從沒用這招得手過。作為一個心腸極硬且容易厭倦的外國男性，我隨著年歲增加變得日益明智，至少越來越懂得對抗壓力，因此並不是使用這種手段的好物件。沒得手的原因絕非是她死纏爛打的程度不夠。我們當時因同在北京一家醫院住院而相識。我那時每晚都會繞著醫院散步，住院幾周後，我開始注意到每天都會碰到同一個女人與我迎面擦身而過，在黑暗中用她那猶如貓一樣炙熱的眼神將我撕裂。這樣打過幾次照面後，我倆在一天晚上駐足攀談起來。

第二天午飯後，她提著一大籃豐盛的水果到病房探訪我。當天晚上她又來了，在病床旁的椅子上坐下，而我則和她面對面地坐在病床上。她精心打扮過，讓自己看起來像是來探訪的，而不是一個病人。白色上衣，包臀半身裙，尼龍褲襪，一絲不苟的盤發，優雅的淑女打扮。她把鞋脫了。椅子跟床的距離很近，我倆的大腿交纏在一起。我可以看出她呼吸在加促。這時睡我隔壁床的病友回來了。不過即便他好奇我在做什麼，床的高度也阻擋了他的視線，看不到我們的腿。我讓她第二天吃過午飯後再過來，我室友那時通常都外出不在。

下午我穿著病服躺在床上。她來後我讓她靠近些，幫我按摩。她在我胸上摩挲了兩下，然後就將手伸向了陰莖。她把它掏出來，正準備含在嘴裡，這時發現過道對面取藥視窗的人能看得到我們，還有眼尖的護士經過時也能瞥見。我們的行為固然不得體，但並沒違反任何規定，在中國規定存在的意義只是為了在需要的場合拿出來利用一下罷了。若真有哪個護士碰巧撞見我倆了，也很可能會置之不理，只會將這件事當作茶餘飯後的八卦罷了。我們移到病房的衛生間裡，把門鎖上。她跨坐在我身上，而我則坐在馬桶上，我才發現馬桶原來真是做愛的上好道具。我們很快就完事兒了，回到病房。

她比我早幾天出院，一出院就迅速著手辦離婚手續。她聲稱住院之前就已開始辦理離婚了。我希望她並沒有因為我的緣故而加快了辦理離婚的速度，這種情況鐵定會給一段關係亮起紅燈的，不管這個女人有多美。格蕾絲嚴格說來談不上美，但經得起細看——長長的柔亮黑色秀髮，光滑的深色皮膚，引人憐愛的大眼睛，但身材過於嬌小，大概三十五六歲，在銀行工作，家鄉安徽。

當我聽到"安徽"的時候，第一反應是"鄉下"（這要歸功於鄧小平當年把這個省單獨拎出來予以特別對待，才造成了我的刻板印象）。作為最窮的省之一，那有不計其數的女人千方百計地擺脫那個經濟落後的破地方。我的另一個反應是"妓女"（我遇到過的一些最高級、最有創造性地獨立門戶的妓女都來自安徽）。她明顯並不是妓女，也不像是個拜金女。從她住院長達一個月都沒被解僱看來，我相信她有一定經濟能力，甚至算得上"中產階級"，而且也受過教育，生在一個貪婪橫行的國家，還能做到並不對物質汲汲以求。她對我的喜歡太過於投入。當然她其實一點也不瞭解我，不過單單荷爾蒙吸引就已經是足夠的理由了。我足夠喜歡她到可以跟她上一兩次床。

禁不住她一再懇求，我答應讓她來我家，出於憐憫最後再來一炮。一個星期後她歡天喜地地宣佈已成功離婚，邀請我去她剛在郊區買的新房子。本以為會像許多中國家庭那樣，她那會是簡陋昏暗的裝修、光禿禿的水泥地板、劣質傢俱，但她家倒是給了我驚喜。她社區的房子看著感覺挺牢固的（中國大多數建築都設計得只能堅持25-30年），房子雖小但很整潔，裝潢頗有匠心，大號雙人床上鋪著漂亮的棕色寢具（一般沒有品位的人才會青睞特大號雙人床）。並且要給她大加分的是，牆上並不見她的大幅影樓照片，櫥櫃裡沒有塑膠瓷器的蹤影，床上也沒擺放毛絨玩具或其他亂七八糟的東西。

不過我倆還是不合適。她是個正常人，居家生活圍繞著電視機展開，而我是個古怪的知識份子，我的生活是圍繞著書展開的。如果我倆結婚了，只會變成水火不容的敵人。

就在我把她拋在腦後的時候，她又倏地出現在我的生活裡。我不回她短信，她就不停地給我打電話，最後給我發了條十分讓人惱火的短信，通知我她要來我家。

天，怎麼會有人這樣不顧主人同意不請自來呢。這是一個關鍵的禮貌問題，你應該通過暗示或者試探問一句："你什麼時候有空啊？"，又比如"我今晚能來你家嗎？"而且還有另外一個問題：我今晚已經約了一個女伴來我家了。"我今晚沒辦法見你。"當然我並沒有提起跟我在一塊兒的女人。

"我想見你，我這就過來。"

"不，今晚不行！"

"我已經出門了，現在正往地鐵站走呢。一個半小時後到。"

這明顯越界了。她開始攪得我心緒不寧，我感到血液在沸騰。看來我要在黑名單里加上她的名字了。"黑名單"上記的是我在中國這些年，有幸遇到的一堆女瘋子。不過她們也分為好幾類，我得想想格蕾絲到底屬於哪一類。她並不屬於"沒有自控能力"類，這一類的代表是性格兩極分化的露露。她有次心情比較好的時候，在我外出時把自己塞進櫃子裡，還在我家牆上貼滿了便利貼，上面寫著如何找到她的線索。而有次心情不好時，她從我發給她的一封群發郵件中複製了所有郵箱位址（她們大多數都是我的女性好友），併發郵件警告她們不准靠近我。

她也不是精神分裂那一類的，比如Angela（如果你在奇怪為什麼中國人用英文名字的話，這其實挺常見的，像是一種假名），好的時候像綿羊一樣溫和柔順，但不久就立馬變臉像個精神病小孩兒一樣給我發支離破碎的短信，比如"這裡"、"生日"、"我是"、"那有"。甚至有次她父母打電話給我，問我能不能去看看她，做點什麼會讓她好一點。

"還有5站就到五棵松了。"格蕾絲又給我發了條短信，五棵松是我家附近的地鐵站。

　　還有Sylvia，她屬於“歇斯底里前兆階段”這一類，我們上床後第二天她的神經質就顯露無疑。她在我下班後一直跟著我，堅持要在大街上跟我完成我們第一次的“嚴肅”談話，長達數小時，硬是不放我走。在此過程中，她還將自行車車把手上的膠條全部撕扯了下來。尾隨後來變成了跟蹤，而且每次我答應陪她一會兒的時候她都賴著不肯離開，甚至在公眾場合跟我大吵大鬧一番後假裝暈倒、崩潰，讓我別無選擇只能上前施以援手。

　　還有Kathy，屬於“30歲仍有處女情結”組——她無法放鬆陰道接納陰莖，這使得她猶如六歲孩童一般，總是穿著一件式蕾絲裙，白色褲襪，頭髮上綁著絲帶。她同樣也是個跟蹤狂，大晚上在我一樓臥室外透過窗簾偷窺我，逼得我沒辦法只能叫學校保安把她帶走。

　　“我出地鐵了，正在攔三輪車去你家。十分鐘後見。”

　　最後還有一類極難對付的，就是快四十歲仍未婚的女人。她們一般情況下都挺正常的，隨著年紀增長應該變得更懂得自尊和姿態，除非你做了什麼將其惹怒了。Nicky，我們經一個急於想擺脫她的朋友介紹認識，一開始我以為她是屬於較為正常的，直到有一天我因為不理解文化差異而在她面前失禮了。起因源自我們第一次約會。她並不是一個富有魅力或者有趣的人，但提到了她有個喜歡和女性朋友在洗浴中心聚會的愛好。這點恰好讓我對她產生了極大的興趣，我在晚飯後請她一起去附近的一家洗浴中心。我們先是在包間裡互相給對方按摩，之後一步步發展成性交，對此我也感到十分尷尬。我當時也並沒打算因此要額外增加花費，第二天早上我問她能不能AA制分攤洗浴中心的費用，雖然她當時並未反對，但之後對於這讓她如此有失面子的做法，她的失望逐漸顯露無遺。我的電話答錄機接連幾個星期都收到她那充滿怨恨、無休無止的留言。謝天謝地她並不知道我的住址。不過她的留言也是前言不搭後語——提到了納粹，又說道美元背面印著的金字塔上的眼睛——只有瘋子才會這樣講話。之後一個朋友給我支招，說如果這事兒只是關乎錢的話，我只要把洗浴中心的錢匯給她，讓她挽回面子就行了。這招兒還真管用。一切如舊，她再也沒打電話找過我。

　　說到這裡，你大概會懷疑我自身性格肯定也有某種缺陷，釋放著某種頻率專門一再吸引到這樣的女人。也許吧。但在中國，外國男性的確很容易吸引到女神經病，她們在和軟弱的中國男人交往時，不被男方父母接納後，沒有更多其他的選擇。這也並不見得一定是樁壞事——我早就發現其實最有趣的的人都帶有輕微的神經質。格蕾絲屬於症狀較為輕微的一類，還能保持穩定的精神狀態不大發脾氣。她在我面前從未表現出過一絲的憤怒和不耐煩，或採取女人們慣用的讓人厭倦的欺騙花招，給我製造愛情陷阱。她對自己的意圖毫不含糊，令人耳目一新地直接：“我在電梯裡了，馬上到。”

　　我告訴女伴有點急事要處理，趕在格蕾絲出現在我家門口之前在走廊裡逮住了她。我抓她手臂時她並沒有反抗，而我用力不小，恨不得折斷她的手臂甩在她臉上。我把她拽到樓下，花了15分鐘一路送她走回地鐵站。在這之後的幾天，她的短信鋪天蓋地、像潮水般湧來。我換了手機號碼。

　　四年過後。我當時任教的英語學院有天告訴我有一個女的給我留下了聯繫方式。當時那個秘書是新來的，並不知道自己這樣做是明顯不合規矩的——她向格蕾絲證實了我在那兒工作並告知其我的聯繫方式；而格蕾絲是從我認識她時任教的另一所學校的人那兒打聽到我現在的學校。秘書還告訴她我就住在校園裡的外賓樓。大樓管理員也證實了的確有一個符合我對格蕾絲描述的人來找過我，不過她並不苗條，挺胖的，看著像懷孕了。

這下好了，我的電話和短信鈴聲又開始響個不停，一五一十地，她告訴了我發生在她身上的故事。她在過去兩年裡跟一個老鄉好上了，他承諾要給她整個世界，卻在她懷孕後棄她而去。然後她想出了個和我結婚然後我們在美國撫養孩子長大的絕頂好辦法。聽著真是個讓人心生嚮往的計畫啊！不過這童話故事並沒打動我，我告訴她我現在有個認真交往的女朋友，實際上我們已經訂婚了。她不相信，並又要在當天晚上來我家。

我提醒管理員那個女人會在七點鐘來找我，千萬別放她進來，她精神有問題，是個跟蹤狂，這都是因為另一個男人拋棄了她，跟我沒有半點關係。對於管理員們來說，這事兒真是多年難遇的八卦，在她們看來肯定是我把那個女人的肚子搞大了，而她過幾個小時上門是來找我算帳的。

當我和我女朋友（她算足夠聰明到相信我說的話）用過晚餐回到住處時，格蕾絲正在樓道裡等著。我瞥了她一眼，她的確是懷孕了而且臨盆在即。我們沒搭理她。她無法進門，最終只好離開了。之後我收到她發來的數百封短信，其中包括要求我匯筆錢到她的帳戶。數天后我收到一條她的緊急短信，說她快生了，實在需要我把她送到醫院。又過了一周，她在我外出時在我的住處放下一份禮物：一隻瑞士天梭手錶。我實在受夠了，就打電話報了警，而我知道這麼做於事無補：他們肯定每天接到上千份類似的投訴，這根本吸引不了他們的注意。

之後沉寂了數周，我滿心以為這事兒就這麼過去了。有一天我回到家時，管理員告訴我格蕾絲又回來了，給我留下了一*夥計*。這都哪跟哪啊，我完全沒聽明白，"給我留了個什麼？"

　　"*夥計*。"他們重複道，並搬出個塑膠箱子。我揭開箱蓋，看到裡面有一團淩亂的羽毛。

　　"給我拿走！"我噁心地後退了一步，大喊道。"我要這活雞可沒半點用處。拜託你們隨便怎麼著，別讓我再看見這玩意兒！"

確信的未知

一場曖昧的師生關係招致的難以言喻的麻煩

暮色四起，紅燈籠的光像張開的裸露大腿一樣熠熠發光。顯然，靜芳此時來我辦公室的目的不是為了學習上的事兒，而是想和我私下相處。一般她們都會在學期後半段，對我有個大致瞭解後才會開始有此舉動，而現在只是開學第三個星期。好吧，我決定試探一下她到底有何目的。"我現在得走了。要不明天在友誼賓館一起吃個午飯？"

"好呀。"

著名的友誼賓館是中國政府最初用來招待其"敵人"的地方，敵人即外國人，建國後的頭幾十年裡中國政府對外國技術有巨大需求。當時蘇聯政府幫助中國建造了這一片賓館建築群。在八十年代改革開放以後，在北京的外國人數量急劇增長，中國政府已經無法將他們全部集中安置在一個地方，於是允許外國人在位於城市其他地方的指定社區居住，而外國教師則被安置在校園裡的外國公寓。友誼賓館的大部分面積則被改為用來接待外國遊客。而一些公司和學校，包括我任教的學校在內，則將我們這些"外國專家"安置在雅園公寓。

我請她在住處附近的友誼大廈裡用餐，這家餐廳給住客提供打折的西餐。"我們走吧？"我們吃得差不多時，我說道。

"去哪兒？"

"當然是我家啊。"

"好。"帶著一絲遲疑,她有些驚訝地回答到。

回去路上經過一幢巨大的售酒大樓,我們進了其中一家商店。我挑了一瓶中國伏特加;伏特加很容易製造,而中國伏特加實際上並不賴。我朝她眨了眨眼睛:"我們可以小酌一下。"

我們穿過門衛室,來到二樓我的房間。門衛室工作人員的職責是登記國內訪客的,但他們最近有些閒散犯懶,經常不在。我把伏特加塞進冰箱,然後同靜芳坐下來開始閒聊。舊時的中國客廳裡是沒有沙發的;一般會並排擺放兩張硬木椅子,中間隔著一張茶几,而夫妻倆相敬如賓地分坐在兩邊。我的房間裡有兩張鋪有墊子的椅子,我把它們面對面擺放,好讓氛圍顯得親密些。

靜芳是個聰明好奇的學生,和她共處的時光對我來說也相當愉快,但過了一個小時後,我們的對話開始有些進行不下去。而她絲毫沒有要離開的意思,慵懶地躺坐在椅子上,而不像較為害羞的女客人那樣,端坐在椅子一角。這個下午得有所進展才好。"你有沒有試過伏特加按摩?"

"那是什麼啊?"

"就是不用油,而是用伏特加來按摩。想試試麼?"

她大笑起來,沒接話。

"來嘛。"我沖她示意著。我們進到臥室裡。臥室裡擺放有兩張單人床,而不是一張雙人床——又一個認定情侶間甚至在上床睡覺時都得保持相敬如賓的例子。"你得把衣服脫了。"

"要全脫嗎?"

"對,全脫。"

我掀開絲質被罩,邀請她躺在床單上。她並沒有脫衣服,趴著躺下了。我動手替她脫了上衣,去除胸罩,褪下褲子。我騎坐在她身上，徒手按摩了幾分鐘使她放鬆下來。她蜷曲著手指握住我的小腿。

"等一下。"我說道，起身去冰箱拿出此時已凍成零度的伏特加。伏特加不會結冰，只會變得粘稠，是進行充滿濃郁情色氣息的按摩時完美的潤滑劑。我脫光了她的衣服，打開伏特加倒了半瓶在她的背上。她尖叫著跳了起來。我迅速將剩下的伏特加灑在她胸前，用力地將其擦勻她全身。酒精醉人的香氣讓她變得呼吸急促。"你在幹什麼！"她喘著氣。

當涼意褪去後，她開始大笑起來。"那個刺得我好痛。"她將雙腿緊閉。"我還是處女。"

"你就快畢業了，還是個處女？噢，天哪，不知道為什麼我以為你已經不是了。"我坐在床邊，歎了口氣。"這麼說來，咱們還得先做個小手術咯？"

"不要嚇我。"

"不是今天。你得花點時間好好想想'第一次'的重要性。"

"嗯，我也這麼想。"

天色已黑，我們放鬆下來，坐在床上喝啤酒。沉默了一陣後她說，"我喜歡你放的音樂。是什麼啊？"

"現在是土耳其吉普賽音樂。之前放的是埃及音樂。聽我說，我得告訴你一件事。我跟很多女人上床。"

"我不在乎。"

第二天我的電話響了。"你現在方便說話嗎？"

"嗯，什麼事兒？"

"發生了件奇怪的事兒。有個男人打電話給我說他有我做愛的視頻。他說他也想和我上床。"

"這怎麼可能啊？"

"你跟誰提起過我嗎？"

"當然沒有啊。肯定是有人不懷好意打的電話。跟我們沒關係。"

"有沒有可能有人把那天我們的事兒錄下來了？"

"絕對不可能。我一直都關著窗簾的。"

但我還是從臥室往外看了一下，跟我住的樓隔著一條窄巷的是理工學院的圍牆，圍牆背後就是一幢兩層樓高的公寓，那兒的窗戶正對著我的房間。但是只有離窗戶較遠的那張床在視野範圍內，而我們那天是躺在靠近窗戶的那張床。要是真有人那天在對面窗戶偷窺我們，應該能看到我們坐在床上，但躺著時是看不到的。並且有半透明的窗簾遮擋，不可能看清楚我們的臉。

"他在電話裡直呼你的名字了嗎？"

"沒。"

"那他肯定不認識你。他如果認識你肯定會直接叫你名字的。你跟他說話了嗎？"

"我問了他是誰。"

"你當時應該馬上掛電話的。是這樣，他隨機撥號碼，直到是像你這樣的年輕女人接電話，然後出其不意讓你們毫無防備地嚇一跳。一旦你表現出一絲猶豫，他就知道你不是處女了。嗯，你依然還是處女，但已經不完全是了。如果你對他的威脅買帳，他就會進一步敲詐你。但別擔心，我向你保證，絕對不可能會有人把那天的事兒錄下來。如果那個人再打給你，通知我。"

掛下電話後，我又想了想窗戶的安全性，並開始有些擔心。窗戶正朝南，陽光在下午會穿過房間照射進來。現在已接近黃昏，而床還沐浴著陽光。昨天我們按摩的時間比今天早一點，很難斷定上演慌亂倒酒那一幕時，是不是還有陽光。要是有陽光照耀，那就糟了。

光照的力量是非同尋常的。有一次我在北京的大街上看見一個身穿白裙的女子朝我走來。她的深色三角區透過內褲和裙子一覽無餘，那灼灼的美刺眼而銷蝕一切，啊，太陽的恩賜。事實上，我被那個部位完全吸引，都沒有注意到這個女人本身。而她渾然不覺。還有那些校園裡身穿薄紗裙的女生們，她們根本不知道自己有多性感。我什麼都不需要做。我只需要等著她們走到陽光下，陰部就會被點亮。我能看見那疊在內褲裡的衛生巾隆起。我能數清她們伸出內褲邊緣的陰毛。而她們渾然不覺。

因此這個時候，我得好好思索一下有多大可能，陽光不堪設想地將我們暴露了。只要學會捕捉光線，不僅完全可以拍下昨天發生的一切，還可能在過去的一年裡，目睹我臥室裡曾招待過的無數來客。

這又給了我另一個擔心：也許視頻不是從樓外拍攝的呢。一個中國朋友曾半開玩笑地向我暗示過，外國人住的酒店中，電視機裡會裝有秘密攝像頭。這並非空穴來風。要是我的臥室被動過手腳安了無數小攝像頭怎麼辦？考慮到友誼賓館過去可疑的用途，我的猜測並不是杞人憂天。但究竟出於什麼原因，一個國家會想要拍攝像我這樣微不足道的外國人和一個無辜的中國女性之間發生的親密行為呢？

我不會天真地認為因為靜芳當時沒有登記而溜進公寓，他們就對靜芳的身份毫不知情。鑒於賓館和我們學校之間的緊密聯繫，他們可能很快就可以確認靜芳的身份。再加上中國安全部門出於間諜目的雇傭了數量龐大的員工，沒正經事兒幹盯上我了也有可能。即便是一個在酒店工作的無賴在房間裡安的攝像頭，我認為通過如此惡劣地踐踏隱私所獲得的內容，也一定是不能作為有效證據而沒有絲毫價值的。而這也沒讓我安心多少。在這種情況下，動機是完全不相干的。從國家的角度來看，記錄人們一言一行，包括最不堪、最脆弱的時刻是相當有必要的，只要科技足夠發達能夠實現。問題在於，對於拍攝的視頻材料如何處置。

雖然我並不能排除是國家意志授意將我們的行為拍攝下來了，但我能肯定打電話給靜芳的那個人不是拍視頻的人。除了一個小問題。他第二天又打電話給了她，第三天也是，之後的每一天都是如此。雖然他每天只給她打一次電話，但是每天都在不同的時間打來，而且每次都是她在家的時候。每次都是靜芳接的電話，她父母根本就不敢聽到那人的聲音，他們報了警，請員警查查打電話的是誰。每次那個男人都會重複一遍威脅，每次靜芳不等他說完就掛斷了電話。我們猜測他大概是某個不認識的鄰居，用某種方式從其他鄰居或者靜芳家的熟人那知道了她家的電話號碼，再暗中盯梢等靜芳回家。至於恰好在靜芳第一次與男人赤身裸體相對的同一天，他就打來電話聲稱手裡握有她的性愛視頻，則純粹是個騙局，是個極不尋常、違反常理的巧合。我也想過他可能恰好是個政府雇傭的間諜，或者在安全局工作，因而知曉靜芳到訪過友誼賓館，不過馬上意識到這猜想過於牽強不值得糾結，再說他從來沒有在電話裡透露過諸如我們名字之類的關鍵資訊。

我冥思苦想是否還有其他可能，但越想越不對勁。靜芳屬於比較優秀的學生，不算很刻苦，但本性聰明、有創造力，在班裡100個學生裡算是佼佼者。在我教的寫作課上她交的第一篇作文運用想像描寫了一座全部由玻璃建造的城市，在這座城市裡政府和公民的一切行為都是完全透明的。她寫道，城市生活的方方面面，就連極度私人的洗澡沐浴，全都統統暴露，這會徹底消滅犯罪，如果沒有把人們的思想也一起毀滅的話。這篇作文使我印象深刻。但此刻她的這一烏托邦構想使我深深不安，顯然不知出於何種目的，她的想像力所創造的的正是我們正在經歷的一切。要是，假如說，是她設計了這一切想讓我出乎意料，以便她能在我倆的關係中佔據心理優勢呢？

　　不，不可能，如果真是這樣，她表現出的友好就太過自然了。更有可能的是，她像許多中國年輕人一樣，在擁有第一次浪漫經歷或性釋放後經歷巨大的情感起伏。因為文化裡對談論性行為的禁忌，之前數年來他們都是在沮喪中度過，就連最親密的朋友也無法傾訴。換句話說，她正在經歷各種各樣噴湧的情感，包括從熱情到偏執的所有情緒，她那困惑的欲望通過焦慮的形式表現出來。我曾見過這樣的極端例子——遲遲沒有發生過性行為讓一個女人喪失了理智。不過後來證實事情並非如此，是我過於偏執地瞎猜了，因為在其後幾次我們赤裸相對時，靜芳都表現得極為溫柔。

　　剩下的可能，當然，那就是拍攝視頻的人是我。一開始我完全打消了這個念頭，因為我的良心沒有被一絲一毫的懷疑所刺痛。偶爾我會在離開住所後懷疑我是不是煮過咖啡後忘了關煤氣，儘管我一向行事嚴謹。但是這種微弱的可能性都會促使我折回家確認一遍，避免災難的發生。只有在清楚明白地看到爐子確實是關上的，我才能安心離開。對於我自己不是拍視頻的那個人，我有著如同我沒有忘記關爐子一樣的信心，也就是差不多100%肯定。但要是我在拍攝的時候並不處於完全清醒的狀態呢？這種極端情況發生，只能說明我遭受了一次小中風。而另一個更合理的可能是，我在拍攝時是完全清醒有意識的，但是現在我的記憶出了問題，變得有瑕疵且不完整。那如果是這樣又如何解釋一直打電話給靜芳的那個男人呢？是某個我認識的人，並且我私下告訴了他拍視頻的事兒？

　　數月過後，這些問題還是沒有答案。那個男人還是每天堅持打來電話。靜芳每次也都在家，並且通常能夠預測電話何時會響。而她的父母則驚恐地端坐著，一言不發地等待這短暫對話的結束。員警方面也完全一點線索也沒有，幫不上任何忙。她仍然不時來我住處，在床上表現得也如往常一樣可人。但是就像滾動時域理論一樣，我們用盡各種方法，都沒辦法完全插入。

一次道歉

在一家中國禮品店因溝通障礙遭遇場面失控

"我們有一個關於中國少數群體的問題——"

"是少數民族,不是少數群體。"

"我知道。這就是讓我們感到很困惑的地方。博物館裡有一個展板上說一共有56個少數民族和56個民族。這是怎麼回事呢?漢族是56個民族之一,那就應該只有55個少數民族,對嗎?"

"不對,一共有56個少數民族。漢族也是少數民族,他們過去曾被稱作少昊,是黃帝的後代。隨著人口增加和政治疆域擴大,他們捨棄了自身傳統,發生了改變。之後他們改稱"漢",以跟過去的少數身份撇清關係。隨著時間流逝,少昊已被人們逐漸遺忘,但是仍然有拒絕接受變化的一群人存活下來,直到今天。"

"我們在博物館的展板上可沒看到這些內容。"

"當然你看不到了。少昊一直被打壓,大多都處於地下狀態,隱秘地生活。我們不能結成群體,也不能宣傳自己。我們允許同公眾對話的唯一場所就是這兒,禮品店。"

"你是一名少昊?"

"對。"

"哇。但我仍然不是很明白。如果官方都認定漢族是人口占多數的民族了,為什麼博物館展板上依然把漢族算作少數民族呢?"

"陽城市政府給了我們這家博物館的部分控制權。這畢竟是我們祖先的故居。"

"喬治，快看哪，這兒的手工首飾好漂亮。"

"我明白了。所以這裡所有的東西都歸你們所有咯？是少昊手工藝品？"

"對。"

"那營業收入歸誰所有呢？"

"噢，沒有營業收入。這些都是不賣的。"

"這可真奇怪。要是這些東西都不賣，為什麼還要叫做禮品店呢？"

翻譯和櫃檯後的協調員交談了幾句。然後協調員溜進身後的小房間，過了一會兒又返回來，跟翻譯又嘀咕了一陣，然後翻譯跟我們說，"很抱歉，不許你們侮辱少昊，我們都是有精神信仰的人。"

"這難道不是一個禮品店嗎？外面明明寫著 '博物館禮品店' 的呀。"

"這是禮品店。顧客們可以在這兒欣賞這些神聖的手工藝品。這是我們給顧客們的禮物。"

伊娃忍不住笑出聲來："這地方真讓我毛骨悚然。咱們快走吧。"

"那我要是看中了某件手工品呢？"

"所有東西都是不賣的！"

"這樣啊，那能不能免費給我們呢？"

"在我們搞清楚是怎麼回事之前，塞斯，什麼都不許碰。"

"這地方真詭異。"

"走吧，喬治。"

"要是這些東西真的都這麼神聖，不能觸碰，難道不應該將它們擺放在博物館裡面嗎？"

　　"是禮品店神聖，不是博物館！"

　　翻譯和那個戴著厚厚眼鏡片的協調員置身這家空蕩蕩的小店裡，此時的表情與其說怒氣衝衝，倒不如說顯得異常淒涼。展示櫃檯圍成了一個U型的過道區。當這一家人走到出口處時，喬治停下了腳步，說道："我覺得我傷害了他們的感情。是不是應該回去跟他們道歉啊？"

　　"你開玩笑吧？他們荒唐透頂。走吧。"

　　"但要是他們所說的一切都是真的怎麼辦？"

　　"那他們可能會在我們身上施法術。"

　　"哈哈。不，塞斯，他們不會這麼做的。不過我們可不想被誤會成沒有禮貌、冒冒失失的外國人，對吧？"

　　"喬治，真的沒必要——"

　　他從出口處又踏回店內。

　　"不行，你不能進來！從出口處進入店內是嚴格禁止的！不行，回去！"

　　他沖到櫃檯前。"我剛才語氣可能不太禮貌，我只是想向你們道個歉。"

　　"在任何情況下都不允許從出口進來的！你必須重新從入口處進入。"

　　"我只是想跟你們道歉。我現在就離開。"

　　"你會死的。"

　　"什麼？"

　　"從出口進來要受到死亡的懲罰。"

　　"你真會開玩笑。這些人真好玩。他們說我從出口進去，會死的。不過至少他們還有點幽默感。"

　　他的妻子和兒子之前一直在出口處等他。這時他們也從出口進到店內。"這下有好戲看了。"伊娃皺著眉說道。

　　"你說的是一種象徵意義的死亡，對吧？我記得我在念大學的時候選修過文藝復興時期的詩歌，課上曾講到過象徵性死亡。在西方煉金術傳統裡，你必須要通過一次象徵意義的死亡，才能獲得重生，成為'燒瓶中的小人'或何蒙庫魯茲(Humunculus)，我記得好像是是這樣叫的。而且基督徒也有'靈魂的暗夜'這樣的說法，就是說如果你想獲得靈魂上的救贖，就得經歷過一場類似死亡的體驗，感覺自己真的就要死了。你們是不是也有這樣的傳統？"

"我們說的不是象徵意義上的。你真的會死。"

"呵，是啦，每個人都會死。"

"天哪，饒了我吧，"伊娃笑道。"你們到底他媽的是誰啊？"

"媽媽，你看這些印第安羽毛耳環。它們跟我們在國內洛磯山旅遊逛印第安禮品店時看到的一模一樣。"

"那，確切地說，我們到底應該怎麼死呢？"

翻譯跟協調員耳語了一番，協調員又鑽進了後面的房間。他折回來後對翻譯小聲說道："很快就會有決定了。"

伊娃開始用手機把對話拍下來。

"禮品店內不得使用相機！"翻譯大喊道。

她沒理會，將鏡頭對準翻譯並朝他走過去。"能麻煩你好心地告訴我們，我們都怎麼冒犯你們了嗎？"

翻譯和協調員商量了一陣，然後轉頭看著這家人，用僵硬而正式的語氣宣判道："第一，你們將我國少數民族錯誤地稱呼為'少數群體'。"

"但他們的確是少數群體啊。"伊娃反駁道。

"錯。他們是少數民族。"

"有區別嗎？"

"第二，你們認為我們神聖的手工藝品是供出售的，這嚴重侮辱了少昊。"

“我們不知道，是無心的。”

“這些東西怎麼會在這兒？” 伊娃指著一個櫃檯說，“這些是美國土著人的耳環。”

“不是！他們是神聖的少昊手工藝品。”

“嗯，我對美國印第安文化是非常瞭解的，我可以告訴你這些正是銀質羽毛耳環，邊緣刻有特殊凹痕，是美國土著人手工製作的。你們肯定是偷來的，還聲稱是自己的。把耳環拿出來讓我看看！”

翻譯小聲地把意思傳達給協調員，然後協調員走到那個櫃檯前，用鑰匙開鎖拿出耳環遞給伊娃，伊娃看後還給了他。“耳環上寫著‘中國製造’。不！這太奇怪了。這些只可能是美國土著人手工製作的。你們這是抄襲和偷竊！”

“第三，” 翻譯繼續宣判，“你們還在少昊的神聖空間裡拍攝了一段視頻。這是禁止、非法、不可原諒的！”

“這兒哪有地方掛出告示說不許拍攝了啊？”

“當我們禁止你使用相機時，你們不聽。”

“爸爸，他們為什麼這麼生氣啊？”

“第四，你們態度不敬、大聲喧嘩、行為粗魯，擾亂了聖地清淨。第五，你們剛剛毫無來由地指責我們盜竊。基於你們是外國人，以上五點罪過或多或少還能體諒，如果你們能表現出誠心悔過的態度，儘管你們所犯不輕，對你們的懲罰也可相應減輕。但是，你們犯下的第六個罪過屬於大不敬，沒有迴旋餘地，不得減輕。”

“什麼罪過？”

翻譯再次和協調員交換意見，協調員再次進到後面的房間又折回來。接到新指示後，翻譯說道：“是從出口進入！”

“這麼說，讓我幫你們再加第七條吧，非法入侵私人住宅！躲在那門後是他媽誰啊，跟我們玩兒綠野仙蹤啊？"
喬治說道，跳過櫃檯把門推開。翻譯和協調員並沒有反抗，
反而微笑地看著他。他沖進房間看了一圈出來了。"是個辦
公室，有個男人在一張小床上睡覺，房間裡有股很重的酒精
味。"

　　"這麼說他們都是在裝神弄鬼了？"伊娃說道，"行
了，喬治，我們受夠了。走吧。"

　　他們向入口走去。

　　"不！"翻譯恐懼地尖叫道，"別從入口出去，求你們
了，不要！你們只能從出口出去！"

　　"這究竟是怎麼回事啊？"伊娃嘀咕著，他們走出了禮
品店。

　　"我覺得至少我們不用擔心被施法術了。"

iProstitution

iProstitution: 用感情和身體交換最新款蘋果產品

"你想見我？為什麼？你想和我上床對不對？"

"你還是處女，對吧？沒事，如果你還沒有準備好沒關係。我有的是耐心。上次你不是邀請我一塊兒吃晚飯嗎，那次我不是表現得很規矩麼？但我的確希望你能漸漸喜歡上我，讓我觸碰你，擁抱你。我能控制自己，咱們並不一定得做愛。我們可以練習。我可以先讓你體驗一下那是什麼感覺。畢竟，你也25了，對性肯定也是好奇、渴望的。"

"我只會和愛我的男人做愛。你並不愛我。你從美國回來之前，問過我想要帶什麼禮物。我跟你說，我的iPhone螢幕太小了，看電視劇怪累的，所以想要個iPad。你拒絕了。所以我認為你只是想我和上床。"

"你的意思是我必須得給你買台iPad?你當時跟我說你只是開玩笑的，但我懷疑的一點沒錯，你是認真的。你願意用你的第一次交換一台iPad？"

"你為什麼非要把這稱作'交換'呢？你怎麼這麼說話呢？我想要的很簡單。問題就在於是不是真愛。"

"iPad ＝ 愛？"

"＝你在乎我並且真把我當一回事。如果你不理解，我沒法跟你說。我要睡了。晚安。"

說實話，我追求飛飛的確只有一個目的，就是上床。我的確有過擔心。我擔心我和她之間的共同點，就如同我和網路遊戲、運動或者車展的共同點一樣少。事實上她的確曾經邀請過我在北京看一場車展，我拒絕了。並不是說花一個下午盯著百萬跑車以及穿著暴露的車模看毫無樂趣可言，那是大陸允許的最接近脫衣舞的表演了，而是我太清楚飛飛這種女人只對買得起這些跑車、能對她施捨的零星愛慕感激涕零的男人感興趣，而我一旦表現出有這方面的潛力，她肯定會黏著我甩都甩不掉。精心算計的愛情。我最擔心的是一旦她把身體交付給了我，我們之間立馬就會變得無話可說。我都能想見自己第二天一早醒來，在她那兒到處都是毛絨玩具和小貓、還掛滿自拍照的房間裡，搜腸刮肚找不到話題。然而讓我進退兩難的問題就在於，她擁有讓我欲罷不能的身體。我被她深深吸引。這吸引久久揮散不去。

　　一般來說，這些女人可以分為兩類。一類是像飛飛這種普通女人，我和她們用漢語交流，另一類則是更為有教養的，我和她們說英語，因為她們大多是英語專業的，無論如何都拒絕跟我講漢語。姿是第二類女人的典型代表，是我最近教過的一個一年級研究生。大大咧咧，漂亮並且胸部很大，她每次都直直地坐在第一排正中間的位置，不理會其他同學的看法。隨著那個春季學期的進行，她領口拉得越來越低，露出的乳溝越來越深。而同她肢體語言截然相反的是她那怪異而冷峻的眼神，帶有一股殺氣，仿佛若有哪個男老師敢越過安全界限一步，她就會讓他生不如死。但她卻開始在課後也跟我有了來往，短信聯絡日漸頻繁。她主動約了我。我本來希望等到學期結束後再進一步發展的。但她顯然對處理此類情況駕輕就熟，我也就沒有什麼原因推辭了。我們約好一起去聽爵士音樂會。

　　回到我家後，姿在沙發上躺下來。我的手在她身上摩挲。

　　"我說，你是不是曾經幻想過此情此景啊？"她說著，脫下上衣和胸罩。"我從十六歲起就很饑渴。我腦海裡有很多骯髒的念頭。我在高中時就看了太多A片,很早之前就對A片感到膩煩了。"

"你看A片?"

"對啊。小苗也看。她喜歡看日本同志A片。我喜歡看女同片。我覺得我可能是雙性戀。"

我對她口中所描述的小苗感到震驚,姿之前跟我說小苗可是極其傳統的女生。"你為什麼到現在還沒找個男朋友啊?"

"我對跟我同齡的男生沒有興趣。我喜歡比我大,有歷練的。但我得提醒你我還是處女。我今晚可不準備跟你有進一步發展。我也得向你道歉,在我更瞭解你之前我無法給你口交。我願意幫你打飛機,但是完全不知道該怎麼做。"

在接下來的幾個星期裡我們有了一些進展,但我感受得到,她有些糾結和矛盾。因為我的日本女朋友喜久子也有雙性戀傾向,我有天晚上帶姿去了她家。她們倆似乎一見如故,不過姿很緊張,在我倆等喜久子沐浴時,她把內褲脫了又穿,穿了又脫。我在一旁看著她倆用69姿勢做愛。真是令人驚豔的一幕。我的意思是,她倆是真的在享受這個過程,投入地吸吮、舔舐、嬌喘。沒錯,能親眼觀賞這一幕,我絕對願意給她倆一人一台iPad。但是之後40歲的喜久子說姿太年輕了,不適合她,而且她夾在我倆當中關係很難處理。喜久子沒有邀請姿再去她家。

在那個夏天剩下的日子裡姿繼續折磨著我,直到有一天她遇見了另一個男人,不客氣地把我甩了。我們後來成了朋友,偶爾一起出來喝咖啡,她會跟我講她男朋友最近的趣事兒讓我樂呵樂呵。我會偶爾向她索要裸露照片,她心情好的時候會發我幾張,心情不好時則完全忽略我。就在前幾天,我發短信問她有沒有新照片給我看看，她完全沒回應。第二天我收到她的短信。"喜歡這張照片嗎？"

"你發給我了嗎？我沒收到啊。我覺得政府在十八大鬼代會期間肯定對短信彩信進行過濾審查。你能再發一遍到我電子郵箱嗎？"

"不行。你沒收到，那你就錯過了。"

"唉，這不公平啊。沒收到不是我的錯。你還有那張照片的。給我看看嘛。你難道不想給我看嗎？你發給我一張照片而我看不到有什麼意義呢？還有你最近怎麼變得這麼不友好呢？"

"稍後再說吧。我不凡事按你說的做，就是不友好啊？"

"沒錯。你被寵壞了，你自己知道。從小生活順遂。你得多練習練習怎樣謙虛行事、與人為善。學學怎麼做個淑女吧。"

"原來你是這樣一個大男子主義的豬頭。"

看來這個戰術是沒戲了。我現在想iPad戰術是否能對姿起作用。事實上我很好奇，她是否會為了一台iPad，終於，終於願意跟我上床。等等——她已經有一台iPad了呀。不久前她邀請我去看日本攝影師荒木經惟的展覽，我們看完展覽去喝咖啡時，她曾經掏出iPad來擺弄過一陣。她當時挺引以為傲的，因為那是她用自己的錢買的。嗯，我猜是這樣的，從她指尖點觸螢幕的動作看來，她肯定是自己選的透明磨砂保護膜，由此看來iPad也很可能是她自己買的。至少我希望是這樣。

第二天一早我再次聯繫了飛飛。"你為什麼不能慷慨一回把你的身體交給我呢？"

毫無回音。

　　"如果我給你買台iPad，"我又給她發了一條，"你能給我什麼呢?你直說無妨。我喜歡直接和誠實。"

　　"這一定要是一場交易嗎？我還以為我們之間是愛情呢。"

　　"是你，而不是我，首先提出金錢-愛情聯繫論的。但請讓我強調一點，這個說法我並不反對。我完全沒有意見。我只是希望大家彼此坦誠。你要清楚地跟我表明：'如果你給我一台iPad，我就跟你上床。'我會同意的，因為這是一場明白而誠信的交易。實際上這樣的安排讓我很是興奮。這會讓我更尊重你，會讓你在我眼中變得更為有趣和性感。我甚至可能會愛上這樣一個不同尋常的獨立女人。"

　　"對不起，這樣的話我們還是不要和對方有任何聯繫了。"

　　得，接下來我不得不低三下四反復賠不是才讓飛飛原諒了我。這當中的努力包括：(1)等了一個月後她才對我的道歉有所回應。(2)我對她發誓再也不會提出類似要求了。(3)答應給她買台64GB，帶有Wi-Fi功能、貼好保護膜的白色iPad。(4)保證下次去她家時我不會向她提出任何要求，尤其是性方面的要求。(5)保證在以後的任何時候都不得再向她提起性這個話題。

　　我答應了這些條件之後，她就邀請我去她家坐坐。吃過晚飯後，我倆坐在沙發上看電影。我被允許把手搭在她肩膀上和牽她的手。她身體仿佛卸下了武裝，輕柔地放鬆下來，第一次讓我燃起了一絲希望。幾個小時後，她的手指開始騷動，和我的手指纏繞在一起。這讓我大膽起來。"飛飛，"我說，"我知道我這麼說會違反我倆之前的約定，但我真的喜歡你，並且想留下來跟你共度今晚。我想和你躺在一張床上。我保證我不會試圖跟你發生性關係的。我們可以就像現在這樣躺在一起就好。"

　　她居然同意了。後來發現這真是個糟糕的提議。她穿著睡衣。我被允許脫掉褲子，但是得穿著T恤和內褲。她在那張特大號床上劃了一道虛擬的分界線，並告訴我不得越過那條線跑到她那一邊。為了確保我聽話，她還在我倆之間放了只很大的泰迪熊。

　　第二天一早她放鬆了一些，允許我抱著她，但那些敏感私處仍然完全不能碰。突然，她開口說，"你知道嗎，我一直想要一台Mini Cooper。"

　　"你想要什麼？"

　　"一台只要20萬，都不到寶馬的三分之一。"

　　"飛飛，"我邊穿衣服邊說道，"要不然這樣吧。我給你買Mini Cooper。你也不用跟我上床，不用做任何事作為回報。你可以留著那車，但是之後車的所有保養維修費用你自己承擔。一旦你接受這個安排，你要從我的生活裡消失。要麼選我，要麼選Mini Cooper。我給你幾天時間考慮。你可以發短信告訴我你的選擇。如果你選擇要車，我會讓經銷商在車到貨後直接聯繫你，你可以自己去挑。然後我就會刪除你的號碼。我現在要走了。再見。"

動物園服裝市場事件

不合作的顧客遇上的麻煩事

"這個多少錢？"

"這是給懷孕後期的女人穿的。你懷孕了嗎？"

"噢。"

"你應該在這些裡頭挑一件。幹嘛拿那件啊？你又不胖。"

"她老覺得自己胖。"

"我還是想要這件。我穿好看嗎？"

"好看。你穿多大號？"

"我不知道哎。這兒也不能試啊。"

"你大概要穿中號。你到櫃檯裡邊兒來蹲下換。"

"蹲下？"

"這很少有男人來的。或者我舉著一塊布把你擋住。"

"這件多少錢？"

"你先試試看喜不喜歡吧。"

北京動物園對面的服裝批發市場，一般直接簡稱為"動物園"，因其多樣款式和便宜價格吸引各色女性經常光顧。這地方規模驚人，多棟建築如叢林般聳立，每棟樓每層都有幾百個小小的攤位，擺滿了一堆堆俗氣艷麗的衣服。就好比是一個巨大的蜂巢，不停往外滲出棉花和滌綸。因為不停熱烈地跟顧客討價還價，很多店主熱得只穿一件黑色吊帶上衣，還露出黑色胸罩，這對為數不多的男性客人來說，倒是很賞心悅目。雖然這座女性叢林遊樂場裡洋溢著聚會派對的氣氛，但在這兒發生的一切可不全都有趣、好玩。

"妹，我穿這件怎麼樣？"

"還行，我覺得。多少錢？"

"200。"

"啊，太貴了。能便宜點嗎？"

"我算你180吧。這是我能給你的最低價，再低我就要虧本了。"

"不行，這比我想的貴多了。100塊我可能還會買。"

"不行。"

"那我們走吧。"

"嘿！"賣家沖她們點了點頭，示意她倆回來。她倆猶豫著退回了店內。

"嗯……我不知道哎。"

"什麼叫你不知道啊？我現在100賣你了。"

"我還在考慮到底想不想要呢。要不80吧。"

"哎，等一下啊。你還價100，我同意了。你必須得以這個價格買下這件衣服。"

"我並沒有同意要買啊。"

"小姐，"一個打手模樣的人不知從哪冒了出來，他說，"人家這麼熱情地招呼你呢，你應該買啊。"

"如果我不想要，就不能非得要我買。"

"你有點禮貌行不行啊。她當你是朋友，以成本價賣你了，你就這樣對人家啊？"

"其實比成本價還低呢。我是虧本賣的。"

"她同意以你出的價賣給你了，你也同意了。你現在就不能反悔。"

"你什麼意思啊？我可什麼都沒同意。"

"那你回來幹什麼？"

"我們還在考慮。"

"你們是在玩兒我們。我們可沒有時間。喏，拿著。走吧。"

"小姐，錢。"

"姐，我們走。"

"喂，放開我！我的眼鏡！我的眼鏡在哪兒？天哪，我剛踩著我的眼鏡了！"

"我撿到你的眼鏡了。咱們走。"

"你打了我！"

"滾，臭婊子！"

"我們快走吧！"

"你還好吧？我們得報警。咱們先出去打輛車。"

"對。"

她們上了計程車，跟師傅說去最近的派出所。

"說真的，你還好吧？"

"我眼鏡壞了！沒有眼鏡我什麼都看不見。"

"發生什麼了？"

"我們剛在砍價，然後他們強迫我們買，我們不肯，一個男人就在她臉上揍了一拳。"

"你們當時應該留在那兒，然後聯繫那棟樓的保安。"

"哪有保安啊？沒人幫我們！你的眼睛怎麼樣？"

"一片模糊。"

"你們當時得去找保安啊。保安會聯繫員警的。你們一旦離開那個地方，所有的證據就都沒了。"

"不會的，員警會跟我們回到現場的。有好多人看見了，會給我們作證的。"

"小姐，你開玩笑吧。他們都是互相認識的。都是南方人，對吧？"

"可能吧。我記不清他們的口音了。"

"他們都是互相支持，共同保護他們地盤的。你知道回去會怎樣嗎，那個賣衣服的還有那個打你的人早就不見了，你會看到一個沒見過的人在那兒看店。其餘的人都會跟你裝傻。他們會說從沒見過你，不知道你們在說什麼。員警會覺得你們在浪費他們的時間，也會很惱火。然後這事兒就會不了了之。如果你們當時留在那兒，整件事情就會看起來是真實、緊急的。你們當時還應該用手機把那些人拍下來。"

"但她當時眼睛被打了。你看，眼鏡都碎了，她是近視眼，沒有眼鏡根本沒法看。"

"打的重嗎？你眼睛周圍沒有發黑或淤青啊。"

"他正對著我的眼睛一拳打過來的。"

"你是近視眼？那可能應該去醫院檢查檢查啊。我有一個朋友也是近視眼，他有次撞到眼睛，視網膜脫落了。他開始沒意識到，第二天看東西是模糊的。後來發現還挺嚴重，當時必須馬上做手術。花了不少錢呢，但如果不做手術的話，就瞎了。醫生說，近視很容易導致視網膜脫落。"

"我不覺得我有問題。並沒有很痛。"

"我們是不是應該去醫院啊，姐。"

"那我們就不能去派出所了啊。"

"你的健康更重要，小姐。"

"我們應該怎麼辦？"

"好吧，帶我們去醫院。"

計程車停在醫院門口，又掉頭朝另一個方向開走了。她倆最後還是決定去派出所。

"她是誰？"

"我妹妹。"

"你是在北京念書的研究生，老家在河北，這樣啊。"

員警看著她的身份證說道，"那她在北京幹嘛呢？"

"她是來看我的。"

"事情是這樣的。因為你們已經離開了現場，這一切有可能根本沒發生過。如果我跟你們回去，就算他們還在那兒，也會說不認識你。他們很有可能為了謹慎起見，已經關門了。其他當時在場的賣家，應該也會裝作不認識你們，出賣朋友能給他們帶來什麼好處呢，是吧？你知道的，他們彼此都認識。他們是有競爭關係，但同時他們也是朋友。"

"不是有攝像頭麼，監控錄影不能作為證據嗎？"

"攝像頭倒是有，但也不一定能幫上你什麼忙。我們還得去麻煩大樓保安調當時的錄影給我們看，而且如果初步證據不充分的話，我們是不能要求調錄影的。況且要是有人群擋住或者整件事發生得太快了，就是調了錄影也沒有用。"

"但是你看看他都把我的眼鏡打碎了！這難道不能作為證據嗎？"

"這倒是可以，但是你的眼睛看上去沒什麼問題啊。"

"他是一拳正對著我的眼睛打過來的，不是打在眼睛周圍。我們本來是要上醫院檢查的，但是先來這兒了。"

"要是醫生能出具一份傷情報告，倒是對你有所幫助。你拿手機把那些人拍下來了嗎？"

"沒有，事發突然，我們當時嚇壞了，趕緊跑了。"

他最後同意陪姐妹倆回趟市場看一看情況。

"她們回來了，"當他們走到那個攤位時，賣衣服的和打手說道："員警同志，你快看看這女的都對我朋友做了什麼。她好狠毒地在他脖子上猛抓一氣啊！我不得不帶他上醫院縫針。急診費花了2000塊，然後還導致我無法做生意產生了誤工費。她必須補償我們。"

"什麼？我根本沒有抓過他。"

"不，她在撒謊！她根本沒有抓過他。"

"你們瞧！"打手把脖子上的紗布掀開，露出縫針的傷口。"瞧見縫針了沒？這是醫院開的發票。總共花了1850塊，另外還有計程車錢。"

"不！他們在撒謊。我們根本沒有動手。"

"她們就是那種不誠心的顧客，上我們店就是為了浪費我們的時間，問東問西但根本什麼都不想買——"

"不誠心？你怎麼敢——"

"員警同志，事情是這樣的。我讓她試穿那件塑身衣後，答應以她出的價格賣給她，但她很凶地把我朋友推開，想不付錢就跑了。她當時手裡還拿著衣服，我們以為她想偷走。然後她就開始反抗，把他抓傷了。他是出於自衛才不小心把她的眼鏡打掉的。她自己把眼鏡踩碎了還怪我朋友弄壞了她的眼鏡！"

"小姐，我記得你在警局的時候，跟我說是他弄碎了你的眼鏡。"

"真讓人難以置信。我們從來沒有想偷任何東西——"

"我記不起來眼鏡到底是怎麼弄壞的了。他打我的時候把我的眼鏡摔在了地上，然後我踩了一腳。"

"看看，我說是吧，她就是個騙子。"

"這太扯了。我們從來沒有——"

"冷靜。大姐，這倆小姑娘要是瞎編的話，不會大老遠跑到警局報案的。"

"怎麼不會？有什麼理由阻止她們策劃這麼一出陰謀？你問問這兒其他賣東西的。他們都看見了。"

"這事兒看起來還沒完了。咱們都心平氣和地來解決這件事兒好吧，對大家都好。你們想要多少補償？"

"2000塊醫療費，還有1000塊誤工費。"

"妹妹，我只看得到一團黑影了。我要去醫院。"

"喂！"剩下的三個人沖著跑走的姐妹倆大喊道。

她來了！[3]

出沒於北京和上海專門誘捕男性的尤物

一股巨大的能量在空氣中震盪。我妻子挺直了腰，側身靠近我。咖啡館裡的其他人也同樣調整了姿勢。*她來了！* 剛進來的女人把大衣放在我們對面的桌子上，然後走向吧台點飲料。等待她回來落座的時光簡直有如永恆一般漫長。

"瞧那女的胖得跟豬似的，" 我妻子耳語道，"不許看她！"

"她就坐在我們面前，我要怎麼才能不看她啊？"

這個女人可能不小心把咖啡潑在了我妻子身上，至少我妻子瞪她的眼神傳遞出的資訊是這樣。她回敬以空洞漠然的眼神，仿佛在說，*你的丈夫現在就像一枚熟透了的痘痘一樣腫脹。你跟他待在一起的每一分鐘，都是在阻止我把它擠破。去吧，你們倆，趕緊撤吧，好讓他找個理由再單獨溜回來看我是不是還在，我會在的。我有一整個下午的時間。*

以當今骨瘦如柴才是美的標準來看，她應該算胖了，但還是將自己合身地裹進一件旗袍裡，煞是好看。那是一件條紋旗袍，一般很難在店裡尋見，而只見過張曼玉在《花樣年華》裡穿過。豐滿碩大的臀部，沒穿胸罩，乳房呼之欲出。長長的像海藻一樣的卷髮梳在一邊。她天生一對粗粗的劍眉，不怒自威。但這樣描述她也都不準確。

---

[3] 标题英文原文为 "There She Blows！"，取自小说《白鲸记》第133章，当出海寻找白鲸的船员看到鲸鱼出现时大声呼喊道 "There she blows！There she blows！"

既然說到這兒了，女人們，我恰好擁有你們所沒有的東西，美麗的大眼睛。我的臉蛋再加上我無與倫比的身材，所有男人都被我深深吸引。像我這樣大膽出位的女人讓男人神魂顛倒。他們所有人，每一個，都是我的囊中之物。不管他之前對你有多忠誠，遇見我之後，都會變得謊話連篇。

除了旗袍之外，她還有其他武器。有時她穿一件低胸、尺寸過大的胸罩。若你經過她桌旁，乳暈一覽無餘。有時她則在一件襯衫下穿一件過小的胸罩。走在去咖啡館的路上時，乳房一個接著一個抖落出來。她熟練地把一隻塞了回去，而讓另一隻看上去像是不小心露了出來一樣。直到禁不住難以置信的顧客們再三窺探，她才伸手把乳房塞進罩杯。

她還會大肆炫耀那迷人的三角區。各位，你們看，我天生陰阜長得高，大陰唇肥碩，小陰唇小巧，這樣的反差效果大大凸現了我陰道的尺寸和形狀，我的褲子像手套一樣包裹著下體，中間那條縫嵌入陰部，出現一道撩人的溝，讓你抑制不住用手指撫摸的衝動。

"你想跟她上床？" 我妻子此時已丟盔棄甲。

"是的。"

"我走了。去吧。隨你怎麼著。再見。"

按照慣例，作為男人的我得主動出擊。我讚美了她的旗袍。她邀請我坐下。她的名字叫艾遊，山西太原人，目前在北京一所大學當經濟學教授，但她沒透露是哪所大學。

"名字真可愛。"

"而且獨特。"

"你上課時也穿這樣嗎？" 我真的好奇這一點。

"沒錯，但會做一些小調整。"

艾遊十分放鬆，一直帶著笑意。但還是要靠我負責讓對話繼續。我下個問題有些尷尬，還可能讓她為難，但這也能達到把底牌全都亮在桌面的效果。而且作為一個腦力勞動者，她應該應付得過來。

是，一般情況下我們根本不用去問對方的愛好或興趣是什麼，因為這個話題自然而然就會被觸及。但這在中國則不適用。許多中國人確實沒有愛好，至少在通俗意義上來說是這樣。家長們認為如果不把所有時間花在瘋狂讀書、備考，就是叛逆、不可忍受的，他們會把任何愛好都謀殺在搖籃之中。孩子們哪怕是讀讀文學作品放鬆一下都必須偷偷進行，否則書就會被撕成碎片扔進垃圾桶。家長們自己就沒有愛好，因為他們那一代人被禁止從事任何帶有"資產階級"性質的活動，也就是不能做任何耽誤革命的事情。而現在社會主義被資本主義所替代，男人們忙於賺錢無暇培養愛好，而女人們則把自己的老公或男朋友當作自身最大的愛好，同時每個人都有一個最喜歡的小愛好：嫉妒。"你有什麼愛好嗎？"

"我喜歡被羞辱。"

我思忖了一下，然後伸手在旗袍分叉處用力撕扯，她沒穿內褲的臀部裸露了出來，臉色卻毫無變化。而我們面前的小桌子根本擋不住其他顧客的灼灼目光。

幾天後，她邀請我去她家。但有一個問題。她跟其他男人的約會排得滿滿的，她唯一能把我塞進近期日程的辦法是讓我跟另一個男人同行，那個男人也同樣是第一次去她家。開什麼國際玩笑啊，我想。

我們三人在她住處附近的城鐵站見面。我的同伴是個比我年輕的帥小夥兒，我當時還挺擔心自己會被完全比下去。艾遊家很大，裝修得很有品位，高高的書架有一整面牆那麼大，擺滿了書，還有一間精緻的茶藝室，箱櫃裡起碼足足有上千張DVD。我們在茶藝室做愛。我那可憐的同伴在緊要關頭怯場，蔫了；幸好我沒有，完成全套滿足了她，不過在多大程度上滿足了她就不得而知了。"他下次不用跟你一塊兒來了。"她對我耳語道。

但似乎根本就沒有下一次，不光對我來說是這樣，對她所有的裙下之臣都是如此。曾淪為艾遊獵物的一群人會常常光顧北京和上海的各個咖啡館，期盼著哪天能再見她一面。通過他們我拼湊出了關於她的故事。

其實我們的妻子和女友並沒有什麼好擔心的。艾游對當"第三者"，或者西方人口中所謂破壞他人家庭的"蛇蠍女"，毫無興趣。她從不和同一個男人上兩次床。她的動機並不是出於自戀或自鳴得意，也並不像富有的狩獵者在牆上壯觀地掛滿鹿頭和動物標本那樣，炫耀自己的獵物。她"收集"男人的目的是要分享"性交儀式"的知識。

你和一個人第一次性交時的熊熊欲火永遠無法在第二次複製。第一次之後，就會一直是下坡路，即便你們墜入了愛河。第二次只會有第一次一半那樣心旌蕩漾，第三次又只會有第二次的一半，以此類推，最好的情況是每次試圖重現第一次的激情都徒勞無功，你們的欲望在數天，最多數周內像個放了氣的氣球一樣消失殆盡。最壞的情況則是——嗯，我們都曾犯過跟並不喜歡的人上床這樣的錯誤。

這也是為什麼傳統文化禁止婚前性行為，要求新娘必須是處女的原因。只有婚禮當晚從最高點開啟，才能儘量讓激情的殘酷湮滅往後推遲。那些在婚前就已經上過床的情侶還能攜手走進婚姻，這本身就是個奇跡，要知道他們之間剩下的吸引力早已不及當初的冰山一角了。就像蜜蜂只能蜇一次人，性吸引在短暫而強烈的第一次發生之後就轟然坍塌。此後，就從第二天開始，你們都是在使用對方的身體自慰。而這也會漸漸讓人厭倦，你會發現對方的存在只會是個障

礙，還不如自己私下幻想著別的身體自慰來的輕鬆。

你說你渴望再見到我，你哀求說，哪怕一次都行，只要一次你就會很滿足了。但我能向你保證第二次絕不會如第一次那樣美妙，它只會是一次蒼白的模仿，機械而無趣。面紗背後的神秘感連同面紗本身一起不復存在。為了保持這份神秘感，我們必須再也不和對方上床。這是保護儀式和保持性交生命力的唯一辦法。和所有生殖儀式一樣，性交必須不斷重演和更新，而每次的慶祝儀式並不是為了表演，像那些退休大媽晚上在大街上穿著鮮豔的衣服，揮舞著扇子扭秧歌那樣，而是為了製造神秘，重複製造神秘的能力。在我們的生命裡沒有時間也沒有空間來將就任何次要的東西。

但艾遊遇到一個實際問題。她為了儀式祭奠出越多犧牲品，就越有可能在常去的咖啡館裡遇見舊識。而這一旦發生，就會造成局促而尷尬的場面，使得她不得不假裝不認識這個可憐的男人，或者顧不得禮貌起身離去。為了尋找新鮮的領地和獵物，她只能把活動領域拓展到在整個北京城乃至上海。兩個城市都有成百上千的咖啡館，她至少曾經技巧性地做到了在不撞見以往獵物的前提下，發現新獵物。或者是她撞見了舊識，但他們識趣地默不作聲，只是急切地在一旁觀望，目睹最新獵物的落網，再次確認她仍然活躍著，並把流言傳播給其他人。

我們當中有一撮人會在固定守候在某些咖啡館，認為她總有一天會耗盡了所有的咖啡館而再次回到此處。最近一次確認見過艾遊——即多過兩人見到她出現——是在上海法租界的香啡繽。但那也已經是四個月以前的事情了，之後很少聽說她再次出現直到乾脆音訊全無。有傳言說有個人老是跟蹤她給她惹了不少麻煩，她現在都把獵物帶去賓館。而另一個傳言說她自己也淪為了獵物，墜入了愛河，或者地獄。

情人

同時擁有多個女人帶來的快樂

一輛寶馬在北京協和醫院大門口停下。一名年輕女子站在路邊，身穿高跟長靴，百褶迷你裙，小山羊皮夾克，夾克上鑲有類似伊莉莎白環狀領的狐狸毛。她上了車。

"你遲到了，"她說著，把一團紙扔在儀錶盤上。"這是收據。"

"車什麼時候能修好？"

"要到下週一。得從另外一個經銷商那才能拿到配件。他們說也可以試試就用店裡自有的配件，但不能保證品質，我可不想冒險讓這事兒再發生一遍。"

"這就奇怪了。有人告訴我這家經銷商手裡有可靠的配件啊。"

"你當初要是給我買台進口車，這些就都不會發生了。"

"你應該很清楚在中國，進口汽車商的供應鏈裡也會混入假配件。還有什麼事兒？"

"四千。"

"什麼四千？"

"去除所有增生組織的費用。過程特別疼。每次這種時候你都不在我身邊。"

"就這樣要四千？我以為叫醫生給你開點藥膏塗一下就好了。"

"哎喲天哪。你怎麼不明白呢。我跟你說了得做好多項

化驗，什麼DNA啊這啊那啊的，而且等結果出來了我還得去
複診。"

"要等多久？"

"至少六個星期。"

"我跟你說過的，你生病不是我造成的。"

"哼，這次就是你造成的！你知道我得的是什麼嗎？是
癌症。"

"癌症？"

"對，癌症，而且是你傳染給我的。"

"癌症？癌症是不會傳染的。你沒得癌症。"

"會傳染。你是不是想跟我回去親自跟醫生聊聊啊？他
說我體內有變異細胞，而且可能是癌症的前兆。你知道如果
確診是癌症會怎麼樣嗎？我的子宮會被切除。切除掉我的子
宮！你理解嗎？這些化驗都做完了還會要更多費用的。他們
告訴我總花費可能達到一兩萬。這還是在我得的不是癌症的
情況下。"

"聽著，我對這情況一無所知。你究竟得的是什麼病？
我沒有任何症狀啊。你怎麼這麼確信是我傳染給你的呢？"

"就是你傳染給我的。在過去一年裡，除了你，我沒跟
別人上過床。另外那倆呢？還有你老婆？你是不是也傳染給
她們了？這些年裡你傳染了多少女人？"

"她們壓根沒事。"

"我還怎麼相信你啊？你總是表現出一幅漠不關心的樣
子。要是你今天跟我一起來的話，我的iPad就不會丟了。"

"有人偷了你的iPad？"

"在候診室丟的。今天真是倒楣。"

"這麼說我還得給你買台新的了？"

"這是最基本的。你還得把我從那個破公寓裡搬出去。"

你找到新地方了沒？”

　“我現在負擔不起更貴的房租了。這也是我今天來要告訴你的，房東把房租從5000漲到了6500。”

　“6500！怎麼這麼貴？”

　“他們說這是現在的市場價　。還說過去兩年裡，他們給我們的價格算得太便宜了。”

　“真是蠻不講理。”

　“我們沒別的選擇。要是再找個更好的房子，我至少每月得付8000塊。或者你可以跟其他人一樣，去住通州。”

　“我可不會大老遠跑去通州住。他們憑什麼漲那麼多？你不能答應。你得幫我找個更好的地兒。你付得起。你知不知道現在都是什麼人住在這一片啊？外地人。這片社區的犯罪率也在上升。還沒有安保設施，隨便什麼人都能進到樓裡來。你也看見了，到處都是小廣告。我的門上都貼滿了，還撕不下來，牆上也全都是。幾天前，他們重新刷了牆，用的塗料是兌了水稀釋過的，那些廣告還是看得見，而且他們任由塗料滴在地板上，現在都變幹了，看上去比以前還要糟糕。我受夠這個地方了。我受夠了每天都有人往門縫裡塞賣淫廣告。我受夠了每天在電梯裡被新搬來的外地人擠得要貼在骯髒的牆上。我看我被侵犯是遲早的事兒。”

　“我說，倒還真有一個解決辦法。我之前跟你提過一次，但你都沒接茬。要是你們三個人住一起的話，我能負擔得起租一個好得多的地方。”

　“不行。絕對不行。”

　“我可以在中心地段找一個帶有24小時安保設施的三居室。有什麼問題呢？你們仨肯定可以相處得很好。”

　“是啊，要這麼說你怎麼不乾脆讓她們都搬進我現在住的那地兒，然後跟那些外地人似的，放幾張上下鋪，改造成一宿舍啊？這樣你能塞下十個、二十個都沒問題，省好多錢。然後我們可以輪流在主臥陪你睡。你居然敢提議我跟那倆人住一塊！你能不能哪怕就一次表現得不像個流氓，而像個紳士一樣，好好照顧一個女人，讓我尊重你啊。我到底在跟一個怎樣扭曲的人打交道？王八蛋！"

"我為你做了這麼多，你就這麼罵我？我知道我有時候不夠體貼——"

"這不是體貼不體貼的問題。是你腦袋有問題！你就是騙子，冒牌貨，根本不是一個真正的人，不是大丈夫，就跟你賣的水一樣。"

"我跟你說過很多遍了，那水不是假的。H2O 就是 H2O 嘛，不管你怎麼處理。那是真正的水。根本就不存在假水這回事。"

"要是這樣的話，那你為什麼要往水里加你們公司發明的人工增味劑，好讓水嘗起來像泉水？"

"那是因為如果你去除了水的自然味道，嘗起來就不對了。你得把自然的味道再加進去才行。"

"你就是在販售一個謊言。你的水既不自然也不是泉水。"

"我們又沒聲稱賣的是泉水。如果你標的是'泉水'，那你賣的就必須要是泉水。但標上'自然'的話就沒有這樣的法律要求了。我們完全有權利說我們的水是自然的。任何東西都可以是自然的。水是自然的。我們在處理我們的水時格外小心，不像市面上出售的大多數水那樣，聲稱是純淨水，但其實跟自來水沒什麼差別，都是細菌。"

"得了吧。要是大家知道你那水是從哪兒來的，看你怎麼辦！"

"我們的反向過濾技術把所有能夠鑒別出的化學物質都

去除了。跟你說，大多數水都垃圾。最差的水要數所謂的蒸餾水了。你知道蒸餾水對身體有多大影響嗎？礦物質全都被過濾掉了，除了水分子之外什麼都不剩，而水分子是要和其他物質結合的，因此就和塑膠瓶裡的有毒物相結合，而且還把你身體裡的有益礦物質吸走。實際上是它在喝你，而不是你在喝它。但是人們看到寫著'純淨'兩個字就以為沒問題，放心地買。"

"我在跟你討論你的水。那你為什麼讓我喝但是自己從來不喝呢？我們都是你的小白鼠。要是哪天誰生出兩個頭的嬰兒，然後追究到你頭上怎麼辦？要是這事兒哪天曝光了怎麼辦？"

"所以我現在得省著花錢，為將來計畫。"

"這麼說我是你的保險了？我每天都幫你為公司未來的風險做補貼。"

"我剛準備跟你說呢。基金完蛋了。"

"誰的基金？"

"你的。"

"什麼？你在說什麼？"

"你的基金出了問題。"

"怎麼回事？"

"姓丁的搞砸了。"

"'搞砸了'，什麼意思？"

"那筆借款。他不見了。"

"你剛剛不是說基金嗎？"

"不，是借款。"

"天哪，別嚇我。那筆借款？那可是我的錢。"

"對不起，我說的是基金。"

"你怎麼回事？到底在說什麼？"

“沒了。”

“什麼沒了？我的錢？你是說我的錢沒了？不！你動一下我的錢試試！”

“別搖我！我在開車呢。股票沒了。”

“你他媽到底在說什麼？股票、基金，還是借款？回答我！”

“我現在沒法解釋清楚。我得開車。等到家了我再跟你說。”

“回家？你到底怎麼回事？你到底說的是股票還是借款？回答我！”

“兩個都有關係。”

“那基金呢？”

“這得跟姓丁的談。”

“他不見了。你到底怎麼回事啊？你早就知道他不見了。這一切都是他幹的嗎？你為什麼表現得好像還跟他有聯繫啊？”

“我的天哪，沒有。”

“你還好嗎？”

“我沒法告訴她。完全沒辦法。我得回家。”

“我們是要回家。你不對勁。你不知道自己在哪兒。你知道自己剛從哪兒來嗎？”

“醫院。”

“那是昨天的事兒。你到底怎麼啦？”

“我們剛從醫院離開。”

“我覺得你得回醫院去。我開車送你過去。”

“不用。我回到家就好了。”

“我從沒見你像現在這個樣子。你的記憶出了問題。是吃的那些藥導致的嗎？”

“我沒事。”

“不。你有事。我們現在就去醫院。”

“我剛從醫院把你接回來！”

“我的天哪。”

那輛寶馬停在協和醫院門口。身穿褐色風衣的女人下了車。她把副駕駛座上的男人扶下車，帶他走向急診室。她在導診台對護士說：“他出了點問題，不太對勁。他跟我說話很有條理，也知道我是誰，但不知道自己在哪兒。人消失了一整天，我找到他的時候，發現他在大街上閑晃。”

“今天誰值班？”其中一個護士向其他護士問道。“可能是中風。我能問問您跟他是什麼關係嗎？”

“我是他妻子。”

“行，我們先讓他在房間裡休息一下吧，待會給他做個檢查。”

小市儈和暴脾氣

發生在北京地鐵上的暴力事件

我經常會被市井小人們的小眼睛震懾住。當然，他們的眼睛其實並不比正常人的小，只是因時刻處於懷疑狀態而眯著眼，讓它們的小變得明顯，提醒我們他們的存在，而他們為了掩飾而刻意表現出的空洞神秘感只會讓人更容易注意到他們。其他細節已將他們出賣：沒洗的臉，邋遢的打扮，毫無美感的衣服——同樣的購自沃爾瑪的牛仔褲和T恤，或者是由他們母親購買、而現在已不合身的運動服。除此之外他們不會有其他裝束，除非女朋友剛好給了些新建議而他們採納並一直保留了下來。

人們印象中一般都認為小市儈來自貧民區、沒受過什麼教育。不過可千萬別把他們的裝束同嘻哈打扮相混淆——垮垮的寬大牛仔褲，露出半邊屁股，戴著鏈子和首飾，還有亮閃閃的球鞋：這些都是時尚態度的表現，這樣打扮的人也並不一定都有暴力傾向或者很窮。在思想層面崇尚暴力，但絕不會將其付諸實踐，他們象徵意義地把玩暴力，打個擦邊球，也許偶爾動真格，也並非其本意。他們穿的潮服像軍隊制服一樣一塵不染。嘻哈族和潮人們非常在意生活和美學，絕不會願意和髒亂扯上關係。他們希望自己是與眾不同的。而小市儈則恰恰相反，他們看上去像一個模子裡刻出來的。不僅舊時的奴隸是這樣，他們之前的主人也是同樣的打扮。

記得在一個炎熱夏天的夜晚，我走在芝加哥的人行道上，那片地區是"奴隸主"聚居的地盤。三名年輕的"奴隸主"

朝我走來。最高的那一個，精瘦但肌肉發達，要不是穿的衣服過於幼稚真是讓人驚豔，由於這輩子的罪孽估計下輩子註定會變成猛獸。他對我出言不遜。這事兒讓我猝不及防，我現在都記不清當時我是如何反應的，是瞪了他一眼還是回敬了他幾句。在這種情況下人們應該作何反應呢？我們可不想跟他們正面衝突，同時也不願意裝作熟視無睹以免他們更來勁："喂！我跟你說話呢！" 我當然沒有做任何刺激他的事，要知道他們這種人生氣時什麼都幹得出來。我不理會繼續往前走，因他帶有殺氣的眼神感到陣陣涼意。

這規律並沒有文化差異而是放之四海皆准的。即便是在一片不毛之地，也依然可以根據那千篇一律的穿著和空洞的眼神一眼認出小市儈來。一天晚上我搭乘一輛計程車行駛在北京三環路上，一輛車突然變道超了車。出租司機不爽，轉動方向盤又超了過去，同時看清了那輛車上的人。開車的是個打赤膊的光頭，長了一張稚氣未脫的臉。他顯然被激怒了，咒罵著玩起了漂移作勢撞我們的車。我們減速並在下一個出口下了高速。"對不起，"司機對我說，"要是我們不下高速那車會一直纏著我們不放的，我不想惹麻煩。" 這下得繞路了，但我並沒反對。

而暴脾氣呢，則完全屬於另一類人。小市儈一般都是本地人和混混，而暴脾氣多半是外地人，是從周邊農村地區或其他省市蜂擁進京尋求立足之地的人們，希望在這兒能過上更好的生活，這樣的人每年大概有50萬。大多數外地人是民工，有的有門手藝，有的則身無長物，在工地、工廠幹活，或者從事服務業和性交易，背井離鄉在外打拼。但仍有許多外地人始終格格不入，每天沒日沒夜的活計和艱苦的工作環境將他們對大城市的幻想碾得粉碎。他們辭職或者被炒魷魚，缺乏拿得出手的技能，又太自大不願意學。小市儈一般從事一些雞鳴狗盜或者騙人的行當，甚至可能在某個領域還挺搶手，但暴脾氣大多都是無業遊民。

這兩類人都很喜歡坐地鐵，尤其在北京，這應該是全世界最便宜的地鐵之一，總里程達300多英里，花兩塊錢就可以隨便坐。小市儈很善於利用他們的時間。你可能會在手扶梯旁看見他們，等哪個女的站上扶梯他們就從其手裡搶過iPhone，被搶的人則被人群堵得嚴嚴實實，無計可施；或者他們也會在擁擠的地鐵車廂裡猥褻女性私處。而暴脾氣搭地鐵是因為他們無其他事兒可做。他們可以在地鐵裡盯著那些有正經工作和家庭的、有點小錢、但還買不起車的人看。暴脾氣們不會遮掩，會直勾勾地盯著你而不是偷瞟，哪天被刺激了他們是有可能變成強姦犯的。小市儈則是捉摸不透的，在光線明亮的地方可以看到他們臉上毫無表情。而暴脾氣們則把一切都寫在了臉上。我們也不得不佩服其自製力，因為如果一個人在100次裡能有99次控制住了自己的衝動，我們是不是該為那99次給他點兒肯定，而不是為那一次的失控責備他呢？

乞丐們都懂得不在高峰時間在地鐵上行乞。北京的地鐵是全世界最擁擠的，沒有搭乘過的人根本難以想像。出於人流控制和安全考慮，某些地鐵站甚至會限流，每隔15分鐘才放一批人進去。而你進站後還得排隊，幾趟車過去了你才能擠上去，因為車廂裡已經水泄不通，一趟車每節車廂只有幾個人能擠上去。而讓情況更糟糕的是，到站想下車的人也慌亂地一通亂擠，這樣的結果通常是想上車的擠不上去，想下車的擠不下來。還有那些明明還有好多站才下車的乘客，固執地堵在門口，更是雪上加霜。而所有這些的根源都是中國人腦子裡明顯缺乏公共空間的概念。他們認為自己占了的空間就自動成為了私人領地，才不會輕易放棄。中國很多塞車都是由於一輛車停在路當間堵住大家的路；很多人在去往醫院的路上就死在了救護車裡，被車堵住拉警報也沒有用，自行車和行人也不肯讓路。

有些人甚至會在車廂裡沒多少人、有充足空間的情況下，也堵在門口。一些是出於無心，但我注意到越來越多的暴脾氣們是故意這麼做的。馬上要下車的人站在門口，另一部分人心不在焉地也站在門口，再加上一部分人故意地堵在門口，使得現在哪怕不是高峰期，擠上地鐵都變成了十分困難的考驗。而有趣的是，在你撥開人群擠下車時，這些被推搡的人大多都不會有什麼反應，也不會生氣，但你要是碰上了暴脾氣的話，還是得小心為妙。

其實他們這麼做也情有可原。在自己的生活裡完全沒有任何權力可言，他們為了維持可憐的自尊心和欲望，就霸佔著那彈丸之地不放。這在大街上比較難做到，而在地鐵上他們能通過堵在門口控制上上下下的人流。 這讓我想起了我的一些有幻想症的芝加哥老鄉們，他們想像著自己身穿熊皮，佩戴勳章，站在芝加哥廉租社區門口，隨意決定誰可以進去，以及收多少門票費。你必須得擠上車，但並不想惹怒誰，而他們把這過程變得艱難無比。

我一眼認出了他就屬於暴脾氣那一類，高高大大，身材健碩，男孩子氣的裝束，小眼睛裡閃爍著憤怒。車廂有些擁擠，但是他背後還有空間。雖然衝破他的阻擋會有些難堪，但我確信一旦從他身邊擠過去後，他就根本不會意識到我的存在了，他現在沉浸在漫畫書的二次元世界裡。除非，我對他怒目而視或者出言不遜。**那就過界了。那會使他丟面子。**而我恰恰是這麼做的。

"你叫我什麼？"他喊到。

"我說讓開給人過，操你媽。"

他終於爆發了，把我和我的Kindle推倒在地。中國人一般都不會伸手去幫被打的人，而只會在一旁圍觀。他們如同鳥獸般散開，在車廂裡給我們空出一大塊空間，交通工具頃刻間變成了小劇場。而我又是個老外，這讓其他人吃驚且圍觀得更起勁了，但這對他來說是無關緊要的，因為在他看來，地鐵上所有的人，除了其他暴脾氣之外，不管是城裡人還是奇怪的外國人，都是可恨的有錢有勢之人（而小市儈們則對外國人的存在較敏感，因認為我們是風險較高的犯罪物件而會極力避免招惹）。

我不知道他揍了我多久，因為對接下來發生的事沒有印象了。我鼻青臉腫地在醫院醒來。他們告訴我，我倒在大街上不醒人事。沒人知道我是怎麼到醫院的。我有出站的模糊記憶，但是不知道是如何做到的。會不會是地鐵保安幫我出了地鐵又把我丟在出站口不管？我猜是我自己在下一站跟蹌地下了車，而他跟著我，幫我出了站，甚至有可能是他扶著我出去的，這樣把我弄到比較暗的地方，可以減輕他的責任。

而同小市儈不同，暴脾氣一般對小偷小摸沒有興趣（或者怒氣沖頭忘了這茬），雖然我的Kindle不見了，但是手機和錢包還在，裡頭有我的保險卡，上面載有合作醫院的名稱。幸虧如此，要不然如果中國的醫院覺得你付不起錢的話，根本不會接收你。之後員警應該會告訴我事情的細節是怎樣的，而更早知道發生了什麼的另一個辦法只能是有人把今天的事拍下來上傳到了優酷上。很奇怪的是，儘管我傷勢嚴重臥床不起，但並不記得自己被打得多痛，現在也沒感覺到疼，反倒感覺精神抖擻，分外安詳。

你所知道的，你已經知道了[4]

當我們不得不需要揮動鞭子

斯然在向我展示怎樣敞開她的改良唐裝露出胸部，而等她解開所有布扣子的時候——解扣子一點也不比系扣子來得輕鬆——我的手機已經響過兩次。我暗暗祈禱千萬不要是杜姬打來的。是個不認識的號碼，通常這種情況都是電話推銷，我一般都不予理會。而同一個號碼打來兩次，那一定是某個認識我的人了。是斯然媽媽。斯然沒想到她會打來。"啊不，告訴她我不在這兒！"她輕聲跟我說，"我不想跟她講話。"

我昨天應邀去她家吃晚飯，才第一次見到她母親。她們家整潔且漂亮，牆上掛著字畫，透明櫥櫃裡擺滿了書，而不是一些不知所云的小玩意。她母親廚藝精湛，50歲的年紀還依舊苗條、迷人，並且姿態優雅。她丈夫則因為工作關係常年在另一座城市。我對她的興趣都幾乎要超過對其女兒的興趣了。我給了她我的名片。而她現在打給我，我不想撒謊。"對，她在我這兒。"

我把電話遞給斯然。從聽筒裡傳出的雜音聽得出她媽媽很擔心。斯然讓她放心，說自己只是作為朋友過來串個門，沒惹任何麻煩，並且她現在就準備離開回學校宿舍了。她掛了電話後，告訴我她媽媽說會在1小時後打杜姬的手機，然

---

[4] 标题英文原文为"What you know, you know"，取自《奥赛罗》第五幕第二场中伊阿古的台词"什么也不要问我；你们所知道的，你们已经知道了；从这一刻起，我不再说一句话。"

後讓斯然聽電話好確認她回去了。我本來想出個餿點子讓杜姬來我家的，但是斯然果斷地宣佈她不會回宿舍去。這是她第一次在我這兒過夜，她執意打算度過一個愉快的夜晚，不受其他干擾。

　　"但這樣謊話就會被揭穿啊，"我說，"你媽打電話給杜姬發現你不在宿舍，會告訴她你在我這兒。杜姬知道了會不高興的。"

　　"我不管。我已經23歲，是大姑娘了。該是時候了。"

　　杜姬警告過我離斯然遠一點，說她是個處女，很純潔，而且還有個男朋友（在中國這並不矛盾）。而現在她快碩士畢業，也的確在變得更成熟。杜姬是我的學生，而她並不是。

　　"理論上我也不在乎，但你跟她住一塊兒，還要打交道的。你不認為她會製造什麼麻煩的，對吧？"

　　"我能應付她。"

　　我們倆是在一種不可思議的情況下認識的。事情都是從杜姬讓我幫斯然修改個人陳述開始的。中國學生在準備申請國外研究生項目時要準備個人陳述，他們通常對此無從下手，我出於好心都會盡可能幫忙——甚至有時不是我的學生，我也會破例幫忙。當杜姬要求我只能通過網路進行交流，不准我見到她本人的時候，我就知道斯然肯定很漂亮。不僅如此，杜姬都不讓我直接通過郵件或者手機和她溝通。我必須把改好的個人陳述發給杜姬，再由杜姬轉交給斯然。對於杜姬如此小心眼的嫉妒，我跟她一再強調我十分專業，不會因為幫斯然的忙就指望要從她那得到什麼好處。並且看了一遍她的個人陳述後，我發現有太多需要修改的地方，我必須面對面地對她進行輔導。

　　杜姬打給我說："你現在可以跟我說說都有哪些問題。

我會轉告給斯然。她現在就坐在我旁邊。"

　　"我直接跟她說都不行？她準備去英國念文學博士，難道她的英文還不能達到自己跟我交流的程度嗎？真可笑。話說回來，我討厭在電話上解釋事情，因為每次的回應總會有一些延遲，這讓對話顯得不自然，讓人不舒服。這根本就不是一個有效的溝通途徑。我需要拿著她的個人陳述跟她當面過一遍。"

　　斯然的申請截止日期馬上就要到了。我們各退了一步。杜姬同意我用郵件跟斯然溝通，但見面是不允許的。我說一般的做法是她應該先給我寫封郵件，禮貌性地尋求我的幫助，並告訴我一些關於她申請的學校和項目的細節。杜姬表示斯然第二天會發郵件給我。第二天我並沒有收到郵件，第三天也同樣沒有。算了吧，我心想，這是她們自己的問題。

　　但是杜姬卻沒有就這麼算了，幾天後她過來跟我說："誠實地告訴我，你是不是打算獲取她的聯繫方式然後好勾引她？"

　　"杜姬，我根本沒見過她。她沒給我發過郵件。"

　　"她告訴我她給你發郵件了。"

　　"我沒收到。"

　　"但如果你收到了，你就會想方設法勾引她，對不對？"

　　"我花了一個小時修改她的個人陳述。我是想幫她，但是她看起來好像並不想讓我幫忙。沒她的聯繫方式，就算我想，也沒法勾引她，所以你問的問題完全不相干。"

　　"我憑什麼相信你？"

　　"好吧。如果你堅持認為我打算勾引她，我的確勾引她了。她過來跟我一起過了一遍個人陳述，她還同意我給她按摩來著。我們都很享受。"

"什麼時候？"

"那是我的事。"

"我再三告訴過你不准跟她發生任何事情，你還是這麼做了？你能不能有點最基本的道德感？你怎麼對每一個遇見的單身女人都不放過呢？你就不能有一次聽我的話嗎？你為什麼這麼貪得無厭？我受不了你這樣的人。要是你繼續這樣的話，我最後肯定不是瘋了就是自殺了。你應該知道和你這樣的人在一起對我來說有多痛苦和困難。我們之間完了。祝你好運。我希望你有一天能學會做個好人，而不再這麼以自我為中心，毫不顧及他人的感受，你會幫朋友的忙而不指望任何回報。你能不能試著別被人性中的原始欲望控制、有點原則啊？你別誤入歧途不知悔改，最後讓每個親近的人都離開。這和她沒關係。是你的問題。你難道還不明白嗎？問題在於你是個怎樣的人。"

"我不打算再說什麼了。"

第二天我終於收到斯然發來的郵件，簡短而且不太高興："你為什麼會告訴杜姬說我們上床了？我現在很肯定我絕不想和你這樣糟糕的人見面。"

我道了歉，解釋說杜姬當時需要用順勢療法治治她的嫉妒心。我沒有任何想要勾引她的意圖，只是單純地想幫忙而已。她讓我再次做了保證，之後居然答應和我一起喝咖啡，然後一起去了她媽媽家，現在又來了我家，而這一切都發生在短短的三天內。杜姬之前說斯然還是處女，而斯然也證實了這一點，但她對男朋友可沒有杜姬說的那麼忠誠。

我挺好奇對於斯然脫了衣服後就跟一塊兒麵團一樣柔軟無力，她男朋友是怎麼想的。然後她對我坦白了。"我需要被抽打。只有被抽打我才能興奮起來。而如果我興奮不起來，什麼都進不去我的身體。我男朋友不知道怎麼抽打我，這是我至今仍是處女之身的唯一原因。”

“噢，不。我對此可不感興趣。”

“我需要被打。打我吧。求你了。”

我嘗試了一下，但是重重扇了她二十下之後，手徹底沒力氣了。你本來以為會是十分簡單的事情，但卻需要出乎意料的能量。我們放棄了，鑽進被子睡了過去。第二天，我想出一個主意。我把她帶到了Marcus家。

Marcus是個年輕的加拿大人，在中國開了個軟體技術公司。我曾從他那拷貝100G的A片導入我的電腦裡。他在東城區租了幢三層樓的寬敞複式公寓，和他的貓們一起生活。他有著不動聲色的眼神還有放蕩的笑容。這年頭已經很少見到有人撚鬍鬚了，而這是他的習慣動作，並且鬍鬚是精心修飾過的。要不是他馬上就要南下深圳開店，我們可能會成為朋友。我問他有什麼是深圳有而北京沒有的。

“深圳更邪惡。”他說，眼睛凝視著遙遠的南方。

後來發現那100G裡大多數A片都是S/M類型的。這真不是我喜歡的口味。一早我打電話問他是不是湊巧喜歡調教，懂得如何揮鞭子。我問這個問題好像有點嚇到他了。但是他仍然表示有興趣。幾個小時後斯然和我出現在他家門口。他家雖然很大，卻沒有地下室，他坦言自己還得翻找一下看有沒有合適的工具。最後找了個乒乓球拍。

我倆轉向斯然。她把衣服脫了，趴在床上。乒乓球拍並不好使。他又找出一根木棍。木棍比較能集中力量，但是因為受力面積太窄，很快就斷了。然後他解下自己的皮帶，把兩頭握在手裡以更好用力。抽了50下之後，斯然的屁股上出現了道道鞭痕。她一直沉默著。又抽了50下之後，斯然的屁股已經開始滲血。她開始默默地抽泣，同時撅高臀部，渴望更猛烈的鞭打。

"對不起，我已經沒力氣了，"Marcus說，"我好像沒辦法用皮帶正確地使力。"

我不是很明白那天晚上杜姬發給我的短信是什麼意思。"你跟斯然上床了？"

"你為什麼這麼問？"

"回答我的問題。"

"好吧，嘗試過，但是我沒辦法讓她興奮。她需要被鞭打，而我沒這方面技術。"

"什麼？你嘗試過了？我本來還想因為責備你勾引她向你道歉的。我那天晚上有點失控，現在冷靜下來了，明白你那是在考驗我。我知道了，你現在又在跟我玩花樣呢。你能不能老實告訴我，到底有沒有見過斯然？"

這麼看來斯然媽媽最後沒有打電話去宿舍。"對，我見過她，並且就像我剛才所說的，她需要被鞭打而我沒有這方面的技術。"

"你為什麼要這麼對我？幹嘛這樣嘲弄我？她從沒見過你。她告訴我她討厭你。但你不能接受這一點。所以為了折磨我，假裝她喜歡你。真不要臉！你為什麼不能誠實地告訴我到底發生了什麼事？"

"我很誠實地告訴了你一切。你可以去問她。"

"我問過她了！她否認跟你見過面，說從來沒見過你。但我覺得她在撒謊。"

"你所知道的，你已經知道了。"

斯然這種表裡不一的欺騙是不行的，我得馬上跟她談談，因此邀請她來參加我的音樂聚會。每個月我都會舉辦一次古典音樂聚會，邀請中國朋友們來我家，我用高端音響設備給他們介紹西方古典音樂。這個月的聚會定在明天，主題是如何區分莫札特和海頓（我故意選取了這兩個好友模仿對方風格的作品，而不是他們的代表作）。

　　有個常來我聚會的女性碰巧是一名飽經世事、作風大膽的大學教授，有個簡單的名字：一。我覺得她可能會有辦法，便讓她倆都提早來我家，介紹她們認識。我把我的一條皮帶遞給一。她挑著眉看著斯然，一邊帶她走進臥室一邊說道："沒問題，對付壞學生我最在行了。我可是老師。"

　　"把她抽醒，讓她意識到真相。"

　　那天來參加聚會的人比預想中多。一顯然深諳此道，音樂聲中不停傳來斯然的哀嚎。當時氣氛十分尷尬，暗流洶湧。不過當容光煥發的一和天使般可愛的斯然手挽著手出現在大家面前，那個夜晚總算是有了些起色，無論臥室裡發生了什麼，顯然事情得到了滿意的解決。

　　斯然知道她必須和杜姬說實話。到時候場面肯定不會好看，但現在她有勇氣這麼做了。她們第二天晚上約在校園附近的一個賓館裡攤牌。為什麼要在賓館裡我也不知道，但這是中國人喜歡的做事風格——形式化和儀式感。我當時有點慌，因為聯想到近期的一篇新聞報導：出於一些神秘的原因，一個女同性戀在賓館裡殺死了一名女同學，而且這個殺人兇手就來自我任教的學校。

　　後來賓館裡發生了什麼，我一無所知。她們倆之後都不再回復我的短信或郵件。杜姬繼續來上課，好像什麼事都沒發生過一樣，完成了那個學期的課程，畢業了。

　　數月後，她第一次出現在我的音樂聚會上，手裡挽著一個魁梧的男朋友。她變化很大，已經出落成一個極具誘惑力的女人，讓我十分驚豔。那本就迷人的眼睛現在變得愈加攝人心魄。這樣一個尤物就此從我指尖溜走了，我感到一陣絕望。

　　幾年後的一天，我突然收到一封斯然的電子郵件。她現

在在英國，已經是一名英語文學助理教授了，和一個同校的
資深男員工住在一起，扮演他的奴隸。她說她過得很幸福，
但是警告我，她的主人會看她的郵件往來，並控制她的行
動。她懷疑主人根本不會放她回中國，所以邀請我去英國看
望他們。

一場小意外

中國人的碰瓷藝術

劉豔嶄新的馬自達6買後這一年裡一處刮傷都沒有。對於一個新手來說，在水泄不通的北京馬路上做到這一點可不簡單。她學會了如何在沒有停車員的指揮下自己完成平行泊車，而她的朋友在這種情況下則會開走去尋找比較寬敞的停車位。她每次下車的時候也格外小心，先往外看確認沒人走過來，以免撞到車門，再慢慢地把車門打開好提醒附近騎車人注意。

但有時候哪怕再小心翼翼都會惹麻煩，就像今天早上她在公司前下車時發生的意外。像往常一樣，她把車門打開一條小縫，沒看到有人過來，就從副駕駛位置上抓過包，然後下車。就在這短短的時間裡，一個男人不知怎麼就騎著自行車出現了，並且車把手撞到了她的車門上。他騎得並不快——這也讓整件事顯得更為奇怪，因為她怎麼可能會沒有看到他呢？——但也足以使得自行車瞬間停住，然後搖搖晃晃失去了平衡，他膝蓋著地摔倒在了地上。

之後發生的事情就像寫好的劇本一樣了。這個男人看上去差不多60歲，像胚胎中的嬰兒一樣蜷縮成一團，在地上打了個滾，臉上表情抽搐，看上去疼痛難忍。

"先生，對不起。你還好嗎？"

他沒回答。

劉豔站在他旁邊，歎了口氣。周圍已經圍了一圈人。又過了一分鐘。"先生，你沒必要在我面前誇張地表現你的痛苦。你坐起來。我們商量一下這事兒。"

男人拿出手機，撥了個號碼，然後對著電話咕噥了一陣。不知道自己能做什麼，劉豔意識到應該打電話給員警。圍觀的人越來越多，已給交通造成了障礙。"先生，如果你的狀況允許，能不能起身，我們移到人行道上去？"

他繼續假裝自己疼痛難忍，沒有搭理她。數分鐘過後，三個男人出現了。"任東，你哪裡痛？"他們問道。

"膝蓋。"他苦著臉回答道。

他們開始沖她大聲嚷嚷。"你得叫救護車把我們的朋友送往醫院哪！"其中一個大喊道。

"你得負責支付醫藥費。我看這起碼得花個一萬塊！"另一個喊道。

"一萬——你開玩笑吧？"第三個人說道，怒氣衝衝地看著第二個人。"他的膝蓋骨可能受傷了，這起碼得兩萬塊。我有一個朋友曾經就膝蓋骨受傷了。而且以任東的年紀，有可能沒辦法痊癒。你用錢根本賠不起。"

"不，"劉豔說，"我們得讓員警來解決。然後醫院來決定要花多少錢。你們憑什麼認為我有那麼多錢？我就是個普通上班族，每個月拿5000塊工資。"

"你開馬六，就賺5000塊？"第三個人說道，"不可能，你的工資起碼得是兩倍或三倍你說的才買得起這車。這車要20萬吧。"

"這車就16萬。"她忍不住怒吼了回去。

這時候員警趕到了，讓劉豔寬心不少。員警記下了一些細節，跟劉豔說她的確有責任把這個人安全地送到醫院。被撞的男人想叫救護車。這個時候，他已經坐了起來，看上去也比較放鬆了。員警不相信他動不了，他幫他站了起來，然後扶他上了劉豔的車，並把他的自行車放在了後備箱。他謝過了朋友們，然後劉豔開車送他去了醫院。

　　"挺幸運的，沒骨折，"醫生看過X光片後告訴他們，"但是膝蓋骨下面有一些組織挫傷和發炎，得慢慢調養。"

　　"他還得要回來複診嗎？"劉豔問道。

　　"噢，對，每週來一次，直到痊癒。"

　　"您覺得要多長時間能痊癒呢？"

　　"要是沒有其他併發症的話，至少一個月吧，也許要兩個月。"

　　"到底是什麼問題？"

　　"急性滑膜炎。"

　　然後醫生教他怎麼上膏藥，告訴他必須每天都用膏藥，然後開了點西藥，又開了些中藥讓他喝。之後他們就去交錢、取藥。包括看診費在內，一共花費大概2000塊。她開車送這個男人回家時，在心裡計算了一下她可能統共要為這個淤青的膝蓋付多少錢。"希望你早日康復啊。"她對他這麼說，而這話並非完全出於為他的健康著想。

　　返回公司上班後，她又仔細看了下醫生處方裡那一長串的藥品名稱，咬起了嘴唇。生薑、蔥白、冰片、牛膝、乳香、紅花、赤芍、白芍、附子、杜仲、黃花、地龍、桃仁、石鬆、川芎、甘草、當歸……小時候感冒了，她媽媽總是會逼她喝非常苦的中藥，但這實在太過分了。不過除此之外，她對中醫一無所知。"真的有必要給他開這些中藥嗎？還是這醫生只是想訛錢？你覺得這是不是他不開西藥而開中藥的原因？"她詢問同事們。

　　"很有可能。但沒關係啊。你的保險公司會付這筆錢的。"

　　"我不覺得保險公司會支付所有費用。尤其是我看起來好像是有過錯的一方。"

　　那天接下來的時間裡她都用來聯繫保險公司的工作人員了，而她之前從沒和這家保險公司打過交道。她提交了相關表格還有醫院收據的影本，被告知材料審核可能需要花費6周時間。

　　一周後，她正在開一個很重要的會議時，手機響了。

　　"你必須馬上來醫院！"任東說道，"你不付錢我怎麼拿第二個療程的藥！"

　　"但我現在正開會呢。"

　　"不行。你得馬上過來。我不能一整天耗在這兒！"

　　她只好找了個藉口中途離開了會議，趕往醫院。這次倒是沒那麼麻煩。她所需要做的就是付錢——又是2000塊——然後送他回家。和上次一樣，她扶著他上五樓，不過這次她被邀請進去喝杯茶。此時的任東和他妻子看起來十分和善。"你膝蓋怎麼樣了？"劉豔問道。

　　"多虧你，已經好多了。"他的妻子答道。任東在一旁也大笑著附和。

　　不知道該聊些什麼，劉豔拿出新開的處方流覽了起來。金銀花、小薊、三七、木耳、薏仁、白術、黃柏、丹參、雞血藤、白芷、車前子、黃芪、石鬆、橘絡、續斷。"這周開的藥跟上周完全不一樣啊。"

　　"這次是不同的醫生開的藥。他說我需要吃這些藥。"

　　"你是說上周的藥開錯了嗎？"

　　"我不知道。他沒說。但好像有點作用。但你知道的，中藥療效比較慢，需要時間和耐心。有可能我的狀況發生了變化，所以處方也需要相應調整。"

　　一周過後，他又在不合時宜的時候打來了電話。"我現在拿著新處方在醫院收費處站著呢，而你又讓我一直在等。我還以為你會在這兒跟我會面，怎麼還在公司？候診室所有的位置都被人占了，我連坐的地方都沒有。你怎麼能這麼對我！你怎麼這麼不負責任呢！”

“好好好，冷靜一下啊，任東。我半小時內趕到。”

“趕，快！”

之後她第二次到訪任東的家中，這對年長的夫婦非同尋常地和氣。他們雖然話不多，但給她沏了一杯參茶。看著這次處方上又列了一長串完全不同的藥材，劉豔再次皺起了眉頭：月見草、桂枝、紅豆、熟地、厚皮樹、大黃、芙蓉、血竭、大蒜、木通、麝香、沒藥、威靈仙、艾蒿、刺五加、蜈蚣。“又換了個醫生？”

“對。他說我有好轉，他覺得這個方子能幫我好得快些。”

就這樣每個星期任東都會拿著處方無助地站在醫院收費處，然後打電話給劉豔控訴她忽視他的存在。然後她急匆匆趕到醫院，為新醫生開的完全不一樣的方子買單，再開車送他回家，在他家喝上一杯茶。她開始困惑這藥方開得越長，作用卻越小，於是想起去諮詢一個也是中醫的老朋友。

讓她感到驚訝又灰心的是，這個朋友拒絕承認或者否認過去這些星期開的藥是正確的處方。通過到處打聽和別人介紹，她最終找到一個背景更深厚的人，一個持有哈佛醫學院西藥學學位的北京大學附屬醫院住院醫師，她們進行了面談。

“我對我那個所謂的朋友真的很惱火，她拒絕就這個人的處方告訴我任何資訊，”劉豔對那個醫生說，“我跟她說得很清楚，我並沒有意圖利用她的意見去尋求法律救濟，我只是好奇。”

“她應該是不相信你。”

劉豔把處方拿給醫生看。“這些方子開得有道理嗎？為什麼每個醫生開的方子都完全不一樣？他們都沒有一致意見嗎？這些醫生是不是和這個人合夥有什麼陰謀啊？西藥不是更簡單更便宜，開這些中藥有必要嗎？我是不是被矇騙了？”

　　“對，對，你說的都對。毫無疑問在治療滑膜炎方面，中藥的效果的確比西藥要好一些。但同時，你為一些他根本不需要的藥材多付了錢。這些藥沒什麼壞處，而且可能會有點幫助，但如果像你說的，這是他第一次受傷，之前也沒有相關病史——我是說他當時騎著自行車，這點說明他經常鍛煉看起來健康狀況也良好——那肯定可以痊癒。而對於重傷，我們通常會開些藥止血、消炎和消腫，並同時加強血液迴圈。大體就是提升體內好的氣，去除掉不好的氣。有很多藥材都可以達到這個效果。對於患有慢性滑膜炎的患者，我們得更有創造性地用藥。但他屬於急性滑膜炎，雲南白藥應該就可以治好了。他們的處方上就有些這樣的成分——三七，冰片，川烏頭——藥效都挺強的。你可以花20塊在藥店買一盒雲南白藥。”

　　“你是說他其實只需要一盒雲南白藥？”

　　“很有可能是這樣。”

　　劉豔謝過了醫生，然後起身準備離開。

　　“噢，對了，”醫生又補充道，“你需不需要一些補藥，比如東北人參或者鹿茸？我能幫你找到上好的貨源，可以幫那個被你撞的人增強免疫力。這些藥同時也有催情的效果，對你的另一半也有好處哦，”他眨了眨眼睛。“還有淫羊藿？”此時她已踏出了辦公室，而他在背後喊道。

　　距離那次意外發生已經過去兩個多月了，劉豔覺得受夠了。任東不能再否認自己沒有好轉，他現在都可以獨立上五樓了。上個星期開的處方用藥倒是有所減少。“你現在感覺怎麼樣了？"她問他。

"差不多好了。我應該再需要複診一次就行了。"

今天她給這對夫婦帶了一籃水果，而他們則準備了一桌豐盛的午餐。她拿出自己準備好的合同，一式兩份，列明此後劉豔對這次事件不再承擔任何責任。她沒有告訴他們的是，保險公司已經答應100%理賠了。"恭喜你順利康復。"她在任東簽了協議後說道。

"我們很感謝你給予我們的幫助，"他答道，"劉豔，你可以看得出來我們有多窮。你也知道政府救濟金少得可憐。你真是個心地善良的姑娘。我們在想你是不是還能幫我們一個小忙。"

"不行。我不能再幫你們了。我們剛簽了合同的。"

"這跟我受傷的事沒有關係。請跟我來。"

任東帶她走向一間房，並打開了房門。房間裡面從地板到天花板堆滿了幾百箱亮閃閃、用紅色和金色包裝的禮盒：中老年氨基酸營養燕麥片、紅棗高鐵初元複合肽營養液、補腦核桃粉、犛牛骨髓壯骨顆粒、槐花蜂蜜、維他命豆奶粉、補血阿膠、蜂王漿膠囊、紅棗桂圓蓮子羹、西洋參口服液、高鈣乳清蛋白粉、當歸烏雞白鳳丸、冬蟲夏草燕窩飲品。

她立馬就認出了這些物品。"這些都是滋陰壯陽的保健品。"她不解地說道。

任東和他妻子噗咚一聲跪下了，一邊磕頭一邊哀求道："求你幫幫我們，劉豔。"

"但你們想要我做什麼呢？"

"我們是以批發價買的這些東西。我們可以只加10%的價錢給你。你可以以低於市場價的價格賣給別人，自己還可以掙一筆不小的錢。"

"我可沒辦法消化所有這些東西。這太瘋狂了。我都不知道我能把這些東西送給誰！你們難道沒有孩子和親戚能幫你們嗎？"

　　他們邊哭邊繼續磕頭："我們的孩子去世了。我們的親戚都不理我們。你就像我們的親閨女啊。"

　　這樣一來劉豔就不得不盡點孝道了。她花2000塊買了10盒補品，這對夫婦同時還讓她保證下周還會過來再多買些。她的同事當中沒人對這些補品感興趣。當然這些東西也並不單單只能用作增強體質，還可用來送禮拉關係，是在退休和年長人士之間形成的閉合經濟體中使用的象徵性貨幣，他們通常不把時間花在其他更有意義的活動上，而是把物品在認識的人中送來送去，做人情。劉豔送了一些給她同事送禮用，並一再強調不需要同事任何的回報。她甚至根本都沒有嘗試把那些東西賣出去。但是在接下來的幾個月裡，她發現自己在一件件將那對老夫婦的負擔往自己家搬的過程中，感受到了一種奇異的成就感。

裸體畫謎案

在不知情的情況下一大學班級的所有女同學都被畫了裸體像

　　把裸體畫得不像假人，有血有肉，生動又不失厚重，是任何一個職業畫家的入門技藝而已。但若要讓人體發光，把裸體不當作人體、而像是文藝復興時期的靜物圖來處理，如細膩可口的麵包，一塵不染的銀具和玻璃器皿，或是像初升的太陽一樣散發著光芒的葡萄，則是盧西安·佛洛德這樣級別的大師才能完成的。在北京798藝術中心的"下游畫廊"裡有一個畫展，展品多為上世紀八九十年代在中國流行的模仿西方照片寫實主義的畫作，主題是展現孤獨、沉靜的"人類身體"，其用意是凸顯辦展的這位藝術家擁有非凡的洞察力，能將裸體當作別的、無生命的物體來對待，在人體中怪異地注入更為宏大的現實感，這使得這位藝術家能與其平凡乏味的前輩們區分開來。

　　一名年輕女子在一幅畫作前駐足良久，然後用她的尼康D800把畫拍了下來。她一邊走出畫廊一邊掏出手機。"喂，親愛的，我真為你感到驕傲，居然做了裸體模特！你之前怎麼不告訴我呢？……什麼？得了吧，沒必要否認。我覺得這很酷……就在798的一個畫展上……噢，就是你，絕對沒錯。我剛還拍了張照片呢，一回來就可以給你看……但肯定是你，那菲，毫無疑問。待會兒見。"

　　第二天那菲和她同班同學仙娥一起來到了下游畫廊。她們看上去很不開心，尤其是仙娥。不僅僅是蕊蕊昨天拍下的那幅畫，整整十個同班女生，都成了展出畫作當中的裸體模特。但仙娥不在其中：要知道哪怕受到一丁點冒犯，仙娥可是會為了要個說法而不惜一切代價的。有一天中午那菲在學校食堂排隊打飯，感覺到有人在身後粗魯地頂撞她的身體。她回過頭瞪了那人一眼，是個不認識的男同學。幾分鐘後她坐下時才覺得有些不對勁，伸手去摸才發現自己屁股上沾有濕嗒嗒、粘糊糊的東西，這才意識到剛才那個男生都做了些什麼。她迅速跑回宿舍去把牛仔褲上這團噁心的東西洗乾淨，而她的室友看到這一幕也嚇呆了。起初她對這件事情非常生氣，但細想之後，倒是能對這可憐男孩的溝通方式一笑置之。

而仙娥在性方面可沒有這樣的幽默感。

第二天中午她拽著不情願的那菲一起到食堂，想給那個變態點顏色瞧瞧。而他居然真的出現了。那菲指出了他。仙娥立馬沖到他面前拍了張照。她把照片作為證據提交給了她在學生處認識的一個人，而此前她作為黨員的種種事蹟在學生處已廣為流傳。他們使用了人臉識別軟體，確認了這個學生的身份。仙娥希望學校開除他。學生處認為這種情形最多給個留校察看或者休學的處分就夠了，不過他們還需要時間討論如何對這奇怪的行為定性。而仙娥則採取了主動的策略，在人人網上發了一篇關於他的帖子，幾乎每個學生都能看到。而這讓那傢伙羞愧難當，主動退學了。他根本沒想到第二天整件事就會被曝光。

"班裡最漂亮的十個同學，"仙娥說道，"真見鬼他是怎麼做到的？"

"但你不在其中，"那菲說道，言下之意是大家都知道仙娥是全校最難接近和追求的女生，"你聽過這個畫家的名字嗎，潘青？"

"沒聽過。"

　　"老山怎麼做到讓她們答應做模特的？這不可能。"仙娥轉向畫廊工作人員問道："勞駕，小姐，請問這名藝術家今天在這兒嗎？"

　　"不在。"

　　在那菲用手機把其他畫作拍下來的時間裡，仙娥給畫廊工作人員留下了自己的聯繫方式。"告訴他我希望能見見他。我喜歡他的畫兒，並且可能有興趣給他當模特。"

　　"這些女孩們絕不可能讓老山畫她們的。"仙娥在離開畫廊時說道。

　　"他並不一定是當場畫的。他可能有她們平時的照片，然後雇傭藝術家運用想像力畫了她們的裸體畫。或者是照著其他模特畫的。但是他畫我畫得真太像了！"

　　"那他從哪兒弄到照片的？"

　　"我猜可能是偷偷摸摸拍的，躲在樹叢裡什麼的。或者從人人網上下載的圖片。他只需要有每個人的一張清晰照就可以參照作畫了。"

　　"太變態了。"

　　老山是她們寫作課外教的昵稱，他是英國人，叫保羅·希爾。老山只有三十來歲，但看上去像個居住在山頂洞穴裡的隱居詩人，高深莫測。這是在今天之前學生們眼中的老山。雖然他這次肯定吃不了兜著走了，那菲覺得他還算幸運的，至少沒有試圖畫仙娥的裸體像。"不過這其中沒有你還是有些奇怪。我猜他可能是還沒拿到一張你的清晰照片。"

　　"這整件事情實在太詭異了。我是說，老山可能有些怪，但我從沒想到他竟然是這樣的變態。"

　　回到學校後，兩個女生就到學生處去見了副處長王夢薇。"你又怎麼了，仙娥？"副處長打招呼道。"又有哪個男同學因為你的緣故要被攆出學校了？"

"王老師——"

"我跟你說過不用叫我老師，仙娥。不記得了？叫我夢薇就行。"

她們講述了事情的原委，整個過程副主任一直沉默地傾聽著。"那麼，仙娥，我瞭解你和你固執的個性。我希望在我們查清楚到底是怎麼回事之前，任何人都不許聯繫希爾。還是說你們已經聯繫他了？"

"我們沒聯繫。昨天晚上我們告訴了其他人這件事，並把我們用手機拍下來的那些照片都給大家看了。有可能那些人中的某一個會給他發郵件。他給我們留了一個郵箱位址，但是給那個郵箱發郵件從來沒有收到過回復。他應該根本不用那個郵箱。他也沒有手機。"

"他要是有所察覺的話可能會辭職，雖說他已經簽了下一個學年的教學合同。外教一旦惹上麻煩，事情還就真的變得很棘手了，"夢薇歎了一口氣，"這意味著我們就得向外事辦報告了，這會讓大家都很難辦。"

"您是說紀檢委不會介入？"仙娥問道。

"不，他們只負責管理我們內部員工的問題。"

"要是這涉嫌犯罪呢？"

"要是朱主任認為這是犯罪事件，我們會報警。但目前仍然不清楚到底發生了什麼。在弄清楚之前，我希望你們不要對這件事情擅自採取任何行動。我現在需要核實一些細節。你們剛才說希爾教的那個班級是唯一一個包括所有出現在畫像裡的學生的班級。除你們十個人之外，還有另外十個女生和五個男生。你們班當中有沒有誰，包括男生，曾經表露過對畫畫或者畫裸體畫有興趣的？"

"不可能。我們都很傳統，對此類事情根本沒有概念。即便是班裡那些很‘前衛’的女生也從來沒有提到過這個。

我覺得男生們肯定對此感興趣，但是他們向來在我們面前都對自己的生活三緘其口。”

“那有沒有人在影樓拍過裸體照呢？你們知道的，影樓裡一般不會在服務內容裡面寫明，但是他們會很樂意幫你拍裸照。這其實比你們想像的要常見得多。即便是最平凡的女人也會想要在年輕的時候為自己的身體永久地留下一個紀念。”

“我們在宿舍裡都不會在彼此面前赤裸身體。”

都說現在的年輕一代是很開放的，但夢薇知道大多數的本科生在畢業時仍然是處子之身。實際上，現在的年輕人甚至比她是學生那會兒更為保守，因為現在的學生們不像以前那樣很多人擠在一間宿舍裡，他們對於“隱私”這個在以往根本不存在的東西十分介意。“有沒有可能有人透過你們宿舍的窗戶拍了照片？”

“不可能。我們十個人分別住在四個不同的宿舍，分佈在不同的樓層還有不同的位置。就算有人能透過窗戶拍下我們的照片，他們也不可能看到些什麼。我們通常都是坐在床上脫衣服的，而且拉上了簾子。”

“那你們去洗澡的時候呢？那個時候你們也是穿戴整齊的？”

“我們宿舍裡沒有淋浴室。只有住在新宿舍樓的研究生們才可以在宿舍裡洗澡。我們都得去學校的公共澡堂洗澡。”

“我聽說那棟舊建築快要拆了啊。你們都是上那兒洗澡的？”

“是的。但我們很少一起去。有幾百個學生都是去公共澡堂洗澡的。誰能在那兒拍我們的照片呢？我們的澡堂在二層。男生的澡堂在一層。澡堂裡有窗戶，但是窗戶是不透明的。"

"我只是在排除所有可能性。那菲，你剛才說那個你的裸體畫像十分逼真？"

"是的。但我覺得一個足夠聰明的畫家應該能透過衣服想像我們的身體是什麼樣的。你知道，就是那種好像所有男人都具備的'X光透視'能力。"

"你說的似乎沒錯。可能是把你們的臉嫁接在其他女人的身體上，可能是真的人體模特或者畫家想像中的女人身體。對了，是誰最先告訴你們這件事的？"

"侯蕊蕊。她不是我們班的。她是我在藝術系的一個朋友，經常逛798。"

"有沒有可能她跟這件事有關呢？我是說，她畢竟是第一個告訴你們的人。"

"這簡直無法想像。她絕對不是這樣的人，"那菲說。"不管怎麼說她不住在我們任何一個宿舍裡。我是我們班唯一一個她認識的人。這也是她昨天打電話給我的原因。她沒有認出其他女孩兒的裸體畫。"

"我們直接問保羅·希爾不就好了嗎？"仙娥說。

夢薇打電話給外事辦。他們說希爾現在還在英國過暑假，星期天才會回來，也就是開課前一天。外事辦的人對此消息也表示了極大的興趣。李副主任想要去一趟希爾位於外國專家樓的公寓裡檢查一遍。王副主任還有這兩個學生也一同前往。

"我們很少見到希爾老師，"大堂裡的一個物業管理員說，"他挺奇怪的。是唯一一個從未留下單獨接待客人記錄的外教，不管是外國客人還是中國客人。他甚至都不准清潔工進屋打掃。有次他需要人幫他把廚房的燃氣打開，一個清潔工進過他的公寓。那是在晚上，她說他屋裡除了一個小檯燈之外一盞燈都沒有。怪不得他打不開燃氣了！"

　　她打開了公寓的門，大家都走了進去。所有的燈都是壞的，他們只好拉開窗簾透進來一些自然光。房間一團糟，還有股難聞的氣味。他們注意到的第一件奇怪的事情是希爾把床搬到了客廳。床沒有整理，床單很髒。天花板的大部分和一面牆的角落被一層斑駁的灰色黴菌所覆蓋。沙發椅旁邊的小桌子上放著一盞檯燈和兩張尚-巴蒂斯特·盧利和哈里森·伯特斯威爾的CD，專輯名稱已無法辨認（這些細節與調查本身沒有太大關係，但無論是何種CD，包括最稀有的古典音樂，外事辦都要檢驗是否包含裸體內容）。

　　臥室裡堆滿了搬家用的箱子和雜物。仙娥把窗簾打開，發現牆邊有一個用棕色紙包起來的大件物品，邊角被撕開了，露出裡面的畫板。

　　"別打開。"夢薇說。她蹲下來把包裝紙上的膠布撕開，把紙完好地拿開。

　　"我的天哪，這還有更多！"那菲說道。

　　"一共十幅，我們剩下的所有人。"仙娥補充道，她快速地翻看每一幅裸體畫，在看到某一幅時停住了，臉上頓時失去了血色。畫裡是她。

　　"那菲，"仙娥喊道，"這真的是我。我是說我的身體。這分毫不差地畫得是我的身體。這怎麼可能呢？"

　　"好了，事情就是這樣了。"夢薇對其他人說到。

　　蕊蕊被叫到公寓用她的相機給十幅裸體畫都拍了高圖元的照片。然後這些畫又被小心地包了起來。在和外事辦主任交換了意見後，夢薇把仙娥和蕊蕊送回學生處辦公室，而那菲則去宿舍把所有能找到的被畫過裸體像的女生都叫來。把所有的照片都下載到筆記型電腦後，夢薇在會議室裡接好投影儀，把門鎖上，然後調暗燈光。仙娥把衣服脫了，站在投影的裸體畫像旁邊。投影被調整成與仙娥身高相符，然後她上前站在投影畫像前以便進行重合對比。同樣自然下垂的乳房，左邊乳房稍大、比右邊的乳房下垂稍多一些，同樣的深色乳暈。同樣的三角區和棕色陰毛。

這時那菲帶著三名學生進來了，依然、蕾，還有思思。她們被告知要把衣服脫掉。"是安全的，各位。"夢薇說。她們可不敢招惹仙娥。此時仙娥已經穿好衣服開始負責操作投影儀，她把那菲的畫像在螢幕上打開。那菲褪下衣服。同樣的黑色直立陰毛，同樣的微凸小腹，還有那圓錐狀的乳房，淺粉色的乳暈散開來與周圍肌膚融為一體。依然把衣服脫了。同樣的平胸和碩大乳頭，沙漏型的臀部，茂密的陰毛下麵露出大得非同尋常的陰唇。蕾的裸體畫顯示她把陰毛剃了，而她脫下褲子後證實這確實與實際相符，臀部和乳頭也同樣是一模一樣的。思思因為曾做過闌尾手術在腹部有一道疤痕，這也同樣在她的裸體畫像裡得到了體現。

"好了，夠了。你們把衣服穿上吧，"夢薇說，"女孩兒們，我們現在遇到問題了。有人不知道通過何種方法拍攝了你們所有人的裸照，我們得想辦法知道這是怎麼發生的。"

第二天晚上9點女生公共浴室關門後，安排了一次實地視察，前去的人包括學生處王副主任，外事處李副主任，以及保衛處副主任，還有大樓管理員和負責看管澡堂的服務員。王副主任本來想在公共浴室開放的時候陪同那菲和仙娥先去一探究竟，親自觀察學生們淋浴的整個過程，但是擔心她的出現會招來不必要的注意，便只是在浴室關門後把她們倆也帶上一起過來。他們先是快速地把整個場所都檢查了一遍看是否安有隱藏的攝像頭；然後告訴大樓管理員幾天後還會做一次更細緻的檢查。保衛處則另行查看了安裝在進門處和澡堂樓外的閉路攝像機拍下的數據。

由於洗澡人數眾多，她們每次洗澡都要講究策略的。要好的朋友一般都會一起去洗。那菲和仙娥一般在更衣室把衣服脫了，然後赤裸身體只帶著裝有洗浴用品的小籃子穿過窄窄的過道去到淋浴區，在那兒排隊等空位。總共24個淋浴噴頭分佈在三間隔開的淋浴室裡，每間淋浴室兩邊各有四個噴頭，同新建的淋浴室不同，這裡沒有獨立的淋浴空間，大家都是沒有遮擋地洗澡。輪到誰了，進去刷一次卡，就會自動出水，水量剛好夠把身體沖洗一遍，之後她站到一邊打肥皂，而下一個再進來。她們就這樣輪流著洗直到兩個人都洗好，通常還會互相搓背。在高峰期洗澡時間最長是十分鐘，人沒那麼多的時候可以放鬆地洗上十五分鐘。之後她們再一起回到更衣室，從儲物櫃裡拿出毛巾擦乾身體，穿好衣服。

總而言之，要想在她們洗澡的時候拍下照片或視頻是一件極其困難的事情（更別提要把班裡二十個女生全部拍下了）。能把攝像頭藏在哪兒呢？沒人把毛巾帶進淋浴區，因為根本沒有地方掛。沒有人敢在那兒逗留過久，因為其他人都排著隊在等。很快大家就推斷出唯一有可能清晰地拍下女孩們正面裸照的方法是將攝像頭隱藏在靠近或面對過道牆邊一個打開的儲物櫃裡，在女孩兒們洗好回更衣室時拍下照片。這個拍照的人需要對她們班同學的洗澡時間十分熟悉，否則她肯定會因為經常出現在浴室引起大家的懷疑。而如果她不是班裡的人而是一個未知的偷窺者，她則需要認識或者能認出班裡的每個人，並且也必須大致知道每個人通常都會在什麼時間來浴室洗澡。王副主任最後得出結論，把所有這些障礙加起來考慮，在公共澡堂拍下裸體照片的可能性微乎其微，甚至根本不可能。

"我一直在仔細研究這些裸體畫，"她打電話給仙娥說，“我有些東西給你看。” 她讓仙娥馬上來她的住處。

　　仙娥到了以後，夢薇讓她坐在電腦面前，電腦螢幕上是她的陰部放大圖。

　　“你仔細看看。注意你的陰唇在畫裡有多麼明顯。讓我再看一下你。”

　　夢薇把仙娥的褲子解開並褪到臀部以下。 “我只看得到陰毛。” 她又讓仙娥站到檯燈前，好讓光從後面照亮她的大腿。 “對了，就是這樣！現在看到了你陰唇的清晰輪廓，” 她說道，手指輕觸仙娥的陰唇， “你跟我到浴室來。”

　　仙娥脫光了衣服跟了進去。 “你看我們的陰毛，” 夢薇打開淋浴噴頭，指著仙娥的陰部繼續說道， “你看顏色多深。但在畫裡你的陰毛是淺褐色的，和乾燥時一個顏色。還有你的陰毛向外蔓延到了大腿處，這些在畫裡也沒有表現出來。” 她蹲在仙娥面前。 “沒錯，濕了之後你的陰唇完全被陰毛遮擋了。”

　　“你是說我們不可能是剛洗完澡濕著身體時被拍下照片的。”

　　“正是。又或者是這個畫家能夠十分準確地根據乾燥時的陰毛推測出濕了之後的樣子。但是他仍然沒有完全將你的陰唇畫準確。畫裡過於誇張，太大並且太腫了。還有注意看，並不只有來自一個方向的光。人體本身像是被點亮了。整個背景並不是自然背景而是想像出來的。”

　　幾天後，副主任又想出了一個新主意。她聽說蕊蕊在畫畫方面很有天賦，就把她叫到辦公室。 “你能根據記憶作畫嗎？”

　　“嗯，我沒接受過這方面的訓練，也沒有影像記憶的能力，但是我可以嘗試一下。”

　　“太好了。” 夢薇把門鎖上（因為總有人進進出出），然後把衣服全都脫了。"你仔細看，我身體的每處細節，包括這兒，"她一邊觸摸自己的陰部一邊說道，"你現在去憑藉記憶把我畫出來，然後回來找我，給我看你的成果。"

仙娥當天晚些時候去副主任家詢問有何進展時，夢薇說道："你猜怎麼著？外事處的李副處長還有我剛去見了保羅·希爾一面。"

"他回來了？"

"對。他對我們的指責感到震驚，並極力否認對裸體畫的事知情。"

"什麼？那怎麼解釋他公寓裡面的那些畫？"

"他聲稱是某個他根本不熟的藝術家聯繫到他，希望能佔用一下他的房間存放一下畫。他知道那是裸體畫像但根本連看都沒看。他說的也許是實話，因為你記得嗎，我們到他公寓時，那些畫都是包好的。"

"那怎麼解釋他教的班是唯一一個包含所有裸體畫原型女孩的班級呢？"

"他堅持說他真的不知道，他說他甚至都不記得當初是經由誰介紹而認識那位元藝術家的了。"

"這說不通。這個藝術家為什麼會沒有屬於自己的足夠地方？"

"噢，他自己有足夠的空間。他只是想讓這些畫跟別人聯繫在一起。"

"我明白了。"

"這是目前最說得通的推理了。我還有件東西要給你看，仙娥，你得再次把衣服脫了。"

夢薇把兩盞閱讀燈分別放在面對面的椅子上，然後坐在椅子當中的地板上，旁邊放著筆記型電腦，螢幕上顯示的是仙娥的裸體畫。"站到我面前來。"她們調整好姿勢，以便於從前方和後部都能照亮仙娥陰部。夢薇用手指撥弄她的小陰唇，並撫摸周圍肌膚直到變得濕潤。"仙娥，我現在要向你演示陰部在受到刺激時會發生怎樣的變化。"她輕輕地揉捏每個褶皺，就像按摩耳垂一樣。"就是這樣，親愛的，它們在變大，腫脹。"她把手指在仙娥大腿內側擦拭乾淨，然後用手機拍了一張特寫，再繼續一隻手刺激拉扯陰唇，另一隻手拍下更多照片。她把圖片上傳到電腦裡，並且將照片和裸體畫像並排比較。"看，你的陰唇在乾燥時是粉紅色的，然後變成紅色，現在變成了猩紅色，並且變大了，同裸體畫中一模一樣，同樣地淫穢不堪。"

仙娥不知道該說什麼了。"夢薇，那個畫家聯繫我了。"

"是嗎？他怎麼會聯繫你呢？"

"就是上次我把號碼留給了畫廊的服務生，說我有興趣給他做模特。"

"好聰明！但是如果你不介意的話，我不希望你去見他。讓我去見他吧。"

"太好了，我本來就不希望見他。"

"你跟他在電話裡交談過嗎？"

"他打來了電話，但是我沒接。我回了他短信但是沒有約定一個具體的日期。我想先跟你商量一下這事兒。"

"太好了，"夢薇說道，"我在考慮讓他給我畫一幅裸體畫。"

"為什麼？"

"我不會真的在他面前赤身裸體。我只是想看看他在基於我一幅畫像的基礎上，能多大程度地還原我的身體。"

蕊蕊第二天就送來了她的成品。各個細節都栩栩如生，實在讓夢薇覺得印象深刻。她用仙娥的手機聯繫了潘青，並去798的畫廊裡和他見面。他很英俊，與大多數典型中國藝術家的傳統商務打扮截然不同，穿著中山裝，留長髮、蓄山羊胡，戴墨鏡。夢薇自我介紹稱是名普通的生意人，恰好看到他的展覽十分欣賞。不過當夢薇把蕊蕊的畫作交給他，並要求他以此為基礎作畫，而不是親自當模特時，他立馬洩了氣。不過她不會浪費時間的。"我想先看一下你水準如何。要是結果令我滿意的話，你可以現場給我作畫。你能讓我看起來年輕二十歲嗎？"

　　"你為什麼會有這樣的要求呢？你現在仍然很美。"他回答道，重新恢復了姿態。

發生在飯館的時空錯位

不時穿越回過去的北京掃興就餐記

"我喜歡他們家的裝潢。你看哪，他們用一個隱藏的投影儀把這些圖案打在牆上，還有掛在那兒的銀色裝飾物，懸在空中像鳥或是魚。注意天花板上的屋椽用燈光映照成了藍色。還有最遠的那堵牆上有一幅巨大的黑白牡丹壁畫。"

我的約會對象對我不理不睬，兩條腿一直在桌子底下前後擺動著。她把菜單遞給我。這是我第一次來小廚房，一家高端連鎖粵式餐廳，餐廳專供的濕巾包裝上顯示北京共有十家分店。在大陸很容易把粵菜和其他菜系區分開來，倒不是用料上的差別，而是粵菜用油、鹽、糖和辣椒都較少，可以比較清楚地看到食物的原貌。

"你能告訴我大概想吃什麼嗎？"我問道。

"不能。"

難以企及的淑玉表現得不可理喻地難相處，她平常的姿態和嚴謹全不見了，這個優雅的35歲已婚女人，一所北京知名院校的心理學教授，有一張介於普通與性感之間的臉，以及令所有人為之傾倒的臀部。她在課堂上身穿緊身而精緻的衣服，與其年齡極不相稱（在中國人看來）。一個外國人——更別提像我這樣的——在這樣一個如此具有異國情調的尤物面前怎麼可能有機會得手，能與她約會呢？我只不過是走到她跟前，禮貌地閒談了一陣，然後向她要電話號碼。她竟然給了我，算是我有過的數百次遭拒經歷得來的回報吧。但我仍然不是很理解她怎麼會答應。不過我現在已經有些後悔了，她表現得完全像個被寵壞了的6歲小孩一樣愚蠢可笑。

店裡的服務員，身穿漂亮的黑色絲綢滿族服飾，態度極好。我點了咖喱牛肉、客家蒸豆腐，還有蒜茸豇豆，為我自己要了瓶喜力，給淑玉要了杯熱水。頭戴無線對講耳機的高個子漂亮領班走過來用愉快的聲音說：“我不推薦咖喱牛肉，您可以換成辣牛肉煲，這道菜用料比較足，在外國客人中也比較受歡迎。”

“好，就聽你的吧。啤酒是冰的嗎？”

“是的。”

服務員拿著一瓶常溫的喜力過來了。我重新強調了我要的是冰啤酒。她又折回廚房。

“能跟我說說你都是怎樣培養穿衣品位的麼？”我問淑玉道。

她皺著眉頭，看都沒看我一眼，擺動了一下手指，我猜那意思是她不想說話。並不是因為語言障礙，我們都能流利地運用對方的母語，而我全程都是用中文在交談。是因為別的原因。服務員回來了，端著一個託盤，上面還是放著原來那瓶常溫喜力，但多了一碗冰塊和一把鑷子。

“不，對不起，不能往啤酒里加冰塊來使其冷卻。這會毀了啤酒的。”我點了另一個牌子的冰鎮啤酒。

淑玉虛打了我一巴掌，撅起了嘴。我解釋道，中國是唯一一個提供常溫啤酒的國家。啤酒常溫時是沒法喝的。非常糟糕。我試圖想辦法跟這個女人把談話進行下去。正準備問她最近學術課題做得怎麼樣了，但我還沒開口她就擺出一副愁眉苦臉的表情。我毫無辦法。“這麼說你不打算跟我說話了？”

“嗯。”

“好，我不會再說話了。”

　　我開始生氣了。我懷疑我們不能順利用完晚餐。就在我怒火中燒時，燈光漸弱，餐廳變得越來越昏暗。雖然佈局大致沒變，但我們已不在小廚房，而是置身一家上世紀末的老式飯館裡。現代的燈光和藝術品不見了，取而代之的是廉價的玻璃吊燈，低瓦數鹵素燈泡；圍繞在天花板的一圈燈泡中大概有一打不夠亮。桌子是便宜的合成木板，椅子不同尋常得又小又矮，並且質地鬆軟、不結實，像是幼稚園裡用的那種椅子。大家都知道為什麼做得這麼小：用的材料越少，成本越低。跟我在一起的女人是二十五六歲時的淑玉，或者，真是她嗎？實際上我並不確定那是誰，不管是誰，她反倒十分健談。她對食物有意見。

　　"呃，小姐。"她招呼服務員過來。啊，能再聽到這個詞真好，小姐，指代妓女的委婉語，但也仍是對服務員的標準稱呼，使用者尤以女性顧客為主，以將自己同服務員拉開距離，不過現在用的較多的是政治正確但發音奇怪的的中性詞——"服務員"。"這個宮保雞丁太辣了，我沒法吃。"

　　"其他顧客從來沒有類似意見。"

　　"你看看這裡面放的辣椒。太多了。辣椒比花生還多。"

　　"女士，這道菜就是這麼做的。"

　　"不，不是這麼做的。你當我從沒吃過宮保雞丁啊？"

　　"這是川菜，所以是辣的。"

　　"我知道這是川菜。但是完全沒做好。廚師把一整包辣椒都扔裡面了，根本沒掌握好度。"

　　"其他人都沒有意見。這是我們這兒最受歡迎的一道菜。"

　　"你們是家滿族餐館，所以不知道怎麼做這道菜。"

　　"我們當然知道。"

"至少你們也得在菜單上把那些很辣的菜標注出來。"

"這沒有必要的，就像我說過的，顧客們本身就知道這些菜是辣的。"

"好吧，隨你怎麼說，把這道菜撤了。我不會付錢的。"

"對不起，但這道菜沒有問題，所以您必須得付錢。"

"我就吃了一口，嘴巴就受不了了。我沒法吃。"

難以對付的中國服務員哪。外國人一般對中國餐廳裡服務員人數之多感到震驚。對此通常的解釋是她們大多來自農村，雇傭成本很低，因此哪怕人數超標也比沒有人招呼強。但真正的原因恰恰是這樣一來她們就有的是時間對付每桌可能出現的難纏客人。其他服務員去照顧別桌客人，她能把全部時間用在你身上。在一切解決（不是按照令你滿意的方式，而是按照令餐館滿意的方式）之前，她不會讓步，也不會讓你走。我面前的這位顧客生氣了。

"你什麼態度啊。我來這兒是想好好吃頓飯的，你卻在這兒逼我為一道根本沒法吃的菜付錢。"

"女士，您應當知道川菜是辣的。顧客們就知道這道菜很辣，要是把這道菜做成不辣的，顧客們不會再來的。"

"你就不能考慮一下你們是不是有可能請了個很糟糕的廚子，他這道菜沒做好呢？"

"不，我們的廚師很不錯的。我們也擁有一批十分忠實的回頭客。"

"所以你是說我錯了？"

"女士，我看不出來問題出在哪裡。"

"淑玉，"我插嘴道，"咱們別在這件事上浪費時間了。算了，下次別再來就是了。我們付錢走吧。"

她沒理我。"你們怎麼能這樣對待顧客呢？你們是不是覺得自己做著說服顧客接受難以下嚥的飯菜這樣的工作特別了不起啊？我要找你們經理。"

"他不在。"

"淑玉，算了吧。"

"不，不能算了。小姐，你轉告你們經理，我會跟我所有住在這兒附近的朋友說，你們這兒食物和服務態度都糟糕透頂。"

我接過帳單結了帳。淑玉不肯走。

而我發現自己又回到了小廚房。中餐館裡一般會免費供應小碟的海帶絲或炸花生作為開胃菜。服務員給我們端上來充分體現著創意餐廳文化的手工製品：一個大玻璃杯中放著五顏六色的彈珠和一對沒有底座的細長酒杯，裡邊盛有兩種果汁。"這是什麼？"

"一個是地瓜蘋果汁。另一個是時令蔬菜苦瓜汁。你沒聽到她剛才說什麼嗎？"

"我們總算又開始交談了，真不錯。"

牛肉煲和豇豆上了。我們一言不發地用餐。豇豆還能接受，但是牛肉的品質比較差，太硬了，我都沒辦法用牙齒把牛肉從骨頭上咬下來。兩道菜吃完了，客家豆腐還是沒有上。淑玉催了一下服務員，她走進廚房又折了回來。

"馬上，馬上。"她安撫我們道。

真有趣，總有一道菜被遺忘的橋段又上演了。這經常發生，哪怕是在最好的餐廳裡。我之前一直認為這是因為他們忘記做這道菜了，有時候也的確是如此（不過絕不會向你承認的）。然而他們覺得走走過場催一催就已足矣，沒人真的去檢查到底出了什麼差錯。只要看起來服務員**好像**下了單，只要我們**看見**她進了廚房，但她其實只需要進了廚房轉個圈又返回來就行了。同樣地，廚師們甚至都不在廚房待著，他們坐在廚房後面的垃圾堆旁抽煙或者打牌。要知道，香港建築家貝聿銘曾經將大陸某幢合資建築項目近乎失敗歸咎於無法叫醒打瞌睡的工地工人。要是你點的菜能順利在廚房下單、烹飪並端上桌，把這當作某種奇跡吧。嗯，大多數菜最後還是會做好的，我猜，要不然餐館就歇業了。當然，現今的服務水準已經大幅提高了，但是舊社會習氣還是在那道永遠不見蹤影的菜以及當你追問服務員時他們臉上漠然的表情中體現得淋漓盡致。

　　然後一個朋友告訴我事情的真相。所有點單都送交給了廚房，並無菜肴被遺忘，畢竟餐館是私有企業，多賣一道菜，就多掙一點錢。但是中國廚師們很討厭一次只做一盤菜肴；一次性做幾盤的份量既省事又經濟。他們會等到有足夠的顧客點了同一道菜才會開始做。大多數時候你不會對此有所察覺，因為在最後一道菜上來之前你都在忙於吃其他先上來的菜肴。但是總有那麼道冷門的菜，你必須得等。噢，這我就明白了。那他們為什麼不能直說呢，我向這位朋友答道，服務員為什麼不能告訴每桌新客人"我向您推薦客家豆腐，有客人已經等這道菜等了45分鐘，如果您能好心點這道菜，廚師可能會願意馬上就做，這樣對大家都好。"或者"如果您點兩份這道菜的話，上菜速度會快一些。"

　　然後關於那道遲遲不上的菜的拉鋸戰開始了。那個戴著高科技頭戴式耳機的領班不見了蹤影。"除非那道菜在五分鐘內上來，不然我們馬上走，並且不會付那道菜的錢。"我告訴服務員。

　　她再次走進廚房然後回來："現在正在做，馬上就好了。"

　　然後她走到工作區，站在那兒什麼都不幹。五分鐘後，我起身走去收銀台。淑玉依然坐在座位上，毀掉了我的計畫。服務員識穿了我只是在虛張聲勢，於是毫無反應。我們沒有別的選擇，只好乾等。又一個五分鐘過去了。現在淑玉也開始失去耐心，催促服務員。服務員朝廚房走去，但中途被一桌客人叫去點單。"我們走吧。"我起身說道。

"不，我沒吃飽。"

"這麼說這是讓你跟我說話的唯一辦法了？"

"你真蠢。"

我只好一屁股坐下。椅腿刮蹭著水泥地板。現在餐廳變得比原來小得多，白熾燈，白牆，一面牆上掛著一幅熱帶海灘的招貼畫。這大約是90年代初期。餐館又擠又吵，天花板、四壁、桌椅的表面又反射加強了客人談話聲和推拉椅子的聲音。淑玉看上去年輕了20歲，但顯然是她，她臉上帶著高中學生的甜美害羞表情。

服務員哐當一聲把蒜蓉豬肉擱在桌墊上。跟預想的一樣，放的油太多，都快要溢出來了。這倒不是無法解決的問題，只要用筷子夾出一塊，然後讓油流乾淨就好了。不過這張桌子沒放平，油灑了出來，並順著桌子一直流到——我現在才注意到——我的褲子上。我急忙從紙筒裡扯出一條衛生紙努力想把損失降到最低。我叫來服務員。"你瞧瞧。"

"怎麼了，你灑了？"

"不，是你灑了。你幫我擦乾淨。還有這種油漬根本不可能洗掉，你看看怎麼賠我條新褲子。我要見你們經理。"

"他今天不在。"

"是，在才怪呢。還有這盤菜裡是什麼見鬼玩意。瞧瞧，還有頭髮！你們就他媽這麼對待顧客啊！"

廚師們這時出現在廚房門口，身穿髒兮兮的工作服沖著我冷笑。我站起來，用力把盤子摔在地上，然後把茶杯和茶壺也摔了，裡面裝著便宜的茉莉花茶，茶葉末和沉澱物灑了一地。整個餐館都被震驚，陷入沉默。這時經理終於出現了，沖我大喊大叫。我不停把貨架上的烈酒砸在地上，根本沒注意他到底說了些什麼。對於他們來說，這算不上什麼損失。這些酒反正都是一個酒缸裡出來的假酒，包括那些昂貴的茅臺和五糧液，誰知道裡面摻了什麼可怕的有毒物。地上的酒精散發出腐爛植物的氣味，證明的確是假酒。當我把目光放在櫃檯上裝著的用蛇、蜥蝪和枸杞泡的藥酒的玻璃桶時，他們害怕了。那才真的貴重。在他們阻止我之前，我又被捲進了另一個更小更簡陋的餐館。

我是一個人，餐館裡還有少數其他客人。幼稚園風格的牆紙已經開始脫落。相似的塑膠桌布，上面印有卡通人物，蓋在不牢靠的可折疊牌桌上（同樣是把廁紙當作餐巾紙）。地板上佈滿了魚骨頭、核桃殼，煙頭和痰。歡迎來到20世紀80年代的北京。天哪，真是時光如梭。我需要來一杯，點了一瓶啤酒。一個有豁口的飯碗充當玻璃杯。但至少啤酒是冷的，餐館裡沒有暖氣，我們能看到自己呼出的氣體。旁邊一桌在吃魚香肉絲——一道家常菜館裡的常見菜。

"我也要魚香肉絲。"我告訴服務員，他同時也是廚師。

"這外國人說什麼呢？"他問其他顧客。

"看我，不要看別人，是我在和你說話。我要魚香肉絲。"我字正腔圓地又說了一遍。

"這老外在說什麼？我聽不懂。"

另一位顧客把我的要求向服務員又重複了一遍，服務員轉向我，搖了搖頭。

"這是什麼意思？"

他沒有理我。我把他叫了回來。我點了一道黑板上列著的菜：韭菜炒雞蛋。這似乎起作用了，他消失進廚房不見了。菜上來了，面目模糊。是燒焦的雞蛋和某種脆骨一起炒出來的，一片韭菜葉都沒有。米飯又冷又硬。這些食物根本難以下嚥。

同時正好有一桌新客人，他們也點了魚香肉絲這道菜。因為不想再被送到七十年代的食堂，我控制住了自己的怒火。我意識到要想擺脫這個穿越的困境我得態度友好。那桌的魚香肉絲在數分鐘後熱氣騰騰地端上來了。我向服務員示意我也要點那道菜，但他毫無反應。我隨他走進小小的廚房。漆黑和骯髒已經不足以形容這個廚房了；這地方在我看來簡直就是垃圾堆。我以最禮貌的方式表達了我的要求。他一直在忙活手頭的事。我告訴他我自己來做這道菜好了。我勉強完成了這道菜，並且做菜過程中沒有妨礙他。他對我的烹飪技巧讚歎不已，還開始大笑著向顧客們炫耀他新交的外國朋友。

我的小伎倆成功了，但還不足以把我送回現實，而是到了那個上世紀末餐館。淑玉或者是某個別的女人還在和服務員爭吵。服務員把她弄哭了。

"小姐，我來這兒是想吃頓好飯的。你的工作就是尊重客戶，並提供他們所購買的商品和服務，好讓他們下次還會來。如果你老闆知道你現在的表現，你會馬上被開除的。你真是個非常糟糕的服務員，惡言惡語。你自己怎麼能忍受你自己！"

"女士，我從兩年前這餐館開張就在這兒工作了。你是我遇到的第一個這麼無理取鬧的客人。走吧，別回來！我們的客人多的是。" 我也想讓這客人閉嘴： "拜託，我們走吧。這附近肯定有其他餐館知道怎麼做好吃的宮保雞丁。"

她抽泣著放棄了爭吵。而就在此時，我又回到了小廚房。客家豆腐上來了，雖然肉餡有點太肥了但味道居然還不錯。我們離開餐館的時候淑玉挽住了我的手臂。外面很冷下起了雨，看來要花很長時間才能打到車回我住處了——計程車總能在最被需要的時候從大街上消失。在公車站的雨棚下，她倚在我懷裡，把頭靠在我的肩膀上。而此刻，大雨傾盆而下。

好老師，壞老師

某英語學院與一名特立獨行外教之間排斥又依賴的故事

"你是怎麼做到的？"

"再看一遍。"

五十名學生伸長了脖子——有些站在了椅子上——看著老師在桌子上倒騰三個核桃殼。"看仔細了。"他說，翻開每個核桃殼，展示每個殼下面空無一物，然後再將三個殼排成一列，把一顆豌豆放在第一隻核桃殼前面。他用中間的核桃殼蓋住豌豆並將其往前推，然後把左邊的核桃殼移到中間的位置，再把中間的殼移動到左邊核桃殼原先的位置。他掀開中間的核桃殼，本來應該在左邊核桃殼下的豌豆竟然神奇地出現了。學生們都倒抽了一口氣。

然後他將兩片核桃殼交換了位置。中間的那個核桃殼下面仍然蓋著豌豆，然後將其打圈移動至右邊核桃殼的右側。而現在豌豆已不再在剛才被移動的核桃殼下面，而是到了原先放在右邊的核桃殼裡。然後他又把最右邊的核桃殼移到了中間，當他掀開左邊和右邊的核桃殼，都是空的。

"你是怎麼做到的？"

"豌豆到哪兒去了？"老師問道。

"中間的核桃殼下面。"

他掀開中間的核桃殼，下面也同樣是空的。沒有一個核桃殼下面有豌豆。隨著他發出哎喲一聲，豌豆從他的袖子裡滾到了桌上。他用中間的核桃殼把豌豆蓋住，然後一隻手將其以8字形移動，另一隻手不停移動其他兩個核桃殼。"現在豌豆在哪兒呢？"他問道。

學生們給出的答案各不相同。他一個個將核桃殼掀起，下面都沒有豌豆。

"你又把豌豆藏起來了。"一個學生說道。

"嗯，那我們來看看你說的對不對。"他再次把核桃殼一個個掀起，現在每個核桃殼下面都有一顆豌豆。

"你在耍詐！是怎麼做到的呀？"

"做什麼？"老師說。

"把三顆豌豆放在核桃殼下麵。"

"什麼豌豆？"他把核桃殼都揭開，豌豆又都不見了。他往後退了一步，雙手插在口袋裡。

"豌豆在他的口袋裡！"一名學生喊道。

老師把口袋翻了出來，空空如也。他更用力地在那兒翻口袋。然後聽到一聲響，好幾百顆豌豆從他的褲子裡灑落在地板上。"啊，壞了！"他害羞地歎了一口氣。全班人哄堂大笑。

《西方思想入門》第一節課才開始數分鐘，這名外教已經十分受歡迎，不過英語學院人事處對他則沒有這麼好的第一印象。從約翰·科伯特出現在廣州機場開始，事情就有些不妙了。他留著一頭濃密的金色頭髮，長度及腰，而並非他在簡歷照片中的短髮模樣（一個對中國比較瞭解的朋友建議他把頭髮綁起來並藏在身後，要不然是絕對不會有人要他的，並借了一件帶領子的上衣給他拍照用）。

這個近兩米高的美國人穿著一身被學校認為是睡衣的裝束（其實是非洲風格束腰寬鬆上衣和亞麻抽繩褲），不管是在課堂上還是在大街上都赤腳。另外還有人說在校外看見他跟非洲人混在一起。這座中國大城市裡的確有很多非洲人，大多數都集中在小非洲，也就是中國媒體所稱的 "巧克力城"。

如果這還不算什麼，一些同學跟院長投訴說他們能透過科伯特輕薄的褲子看到他的陰莖，確切地說是處於疲軟狀態下的，但他們仍然認為這極度不得體。目前還不是完全清楚他到底穿沒穿內褲。他們認為應該給他提個醒，要求他穿正常的褲子。學院覺得太尷尬而沒有把這個問題回饋給科伯特，他們剛剛才簽了為期一年的合同，只好當作學生所說並不屬實。

不過在其他同學看來，他風趣、招人喜歡，還擅長核桃殼遊戲。

"你們當中有人剛才說我耍詐了，" 他說，"好，那我們就玩真的。我只會用一顆豌豆，並且它肯定會在某個核桃殼下面。瞎猜的話也應該有33%的幾率猜中。"

現在一次只許一名學生參加遊戲，並且她（中國大學裡的英語專業學生大部分都是女生）得押錢。四名學生先後猜了，沒有一個人猜對。剩下的都迫不及待給出自己的意見，但是豌豆總是在剩下的核桃殼下面。

"你是怎麼做到的？" 學生們覺得太不可思議，放棄了競猜。

"好，接下來我要做點魔術師從來不會做的事情了，就是告訴你們這到底是怎麼回事。看仔細了。"

他把動作放慢，以便他們能看到他用手指把豌豆從一個殼撥到另一殼下面；或者他會把豌豆從核桃殼下取出夾在手指中，再把豌豆放到另一個殼底下。然後他再次加速，直到學生們無法辨認豌豆的動向。

"你們永遠沒辦法猜中，因為我可以隨意從核桃殼取出和塞入豌豆，經過訓練，我的手法很快，肉眼看不出來。但我並沒有耍詐，因為豌豆始終是在某個核桃殼下面的而你們永遠不能猜中，即使隨機猜也不中的原因是我用了古老的誤導手法欺騙你們的眼睛去關注錯誤的那顆核桃殼。"

　　科伯特把錢還給了那四名學生。"我知道賭博在你們國家是非法的，"他笑道，"但如果你們在大街上或者西方城市的地鐵裡跟那些騙子們玩這個遊戲就不會這麼幸運了。他們不僅把豌豆藏在手上，使得殼下面根本什麼都沒有，還會雇傭托兒，假裝參與遊戲來誘騙你玩。托兒會扔錢玩，贏錢或是愚蠢地輸錢，都是在哄騙你讓你以為贏得這個遊戲很簡單。但是你贏不了。即便你恰好猜對了，抓他個現行，騙子也有可能突然把東西一收，拿著你的錢就跑，聲稱看到員警過來了。你也不能去質問那些托兒，他們身上可能有刀。"

　　"你想要表達什麼意思呢？"一個學生問道。

　　當這名外教被叫到院長辦公室的時候，也被問了同樣的問題，有學生一再投訴他暴露陰莖的事情。噢，是這樣的，科伯特說道，並拿出一份寫有每週詳細計畫的教學大綱。課程包含了西方哲學史上的重要思想，這也是他在被雇傭時得到的明確指示，包括蘇格拉底關於反省生活的論述，亞里斯多德關於倫理生活的思想，以及黑格爾的主奴辯證法：這個對於學過馬克思主義的任何中國人都應該相當熟悉：勞動喚醒了奴隸的自我意識和對自身奴役狀態的認知，而主人卻缺乏相關意識，變得愈加依賴奴隸。接下來是克爾凱郭爾關於個人對群體、服從、加強傳統信仰等錯誤認知的英雄主義反抗。然後是貝克萊關於人類認知的解析，尼采對傳統語言的解構，以及維特根斯坦，海德格爾，福柯等等。

　　為什麼一直關注於"意識形態"？這是院長關心的問題；學生們不明白這個詞跟一堂講述西方思想的課程到底有何關係。科伯特解釋道，正是西方哲學思想最先發展和使用這個詞的。並且這在教授批判性思考過程中是一個關鍵概念。意識形態很簡單，院長回道，它是堅持我國核心社會主義價值的指南。嗯，並不完全是，科伯特回答道。

"意識形態，" 在學生們都回到座位後他繼續說道，"是一個非常重要的概念，但並不好理解。我們要花剩下的整堂課時間來解釋。事實上你們需要花整個學期的時間來完全掌握這個概念。到那個時候你們就會獲得在你們整個受教育期間最重要的知識。誰能告訴我這個詞是什麼意思？"

沒有人舉手。他知道向一群中國學生提任何問題一般都會是如此反應。他們可能知道答案，但是不願意在其他同學面前炫耀自己知道。另外他們也可能真的不知道答案。他點名讓一個坐在前排長著一雙明亮眼睛的女生回答。"你叫賽賽，對吧？"他看著課前他讓大家填寫的座位表說道。"我看到你是你們班少數幾個沒有用英文名字的。非常好！你有一個很美的名字，很適合你。哈，你們有些人笑了。看吧，獨立性很重要。個性很重要。你跟我說說，意識形態是什麼意思？"

"我不知道。"

"加把勁兒啊，你們可都是一流大學裡英語專業的大四學生了。你們的閱讀詞彙量不比跟你們同年紀的以英語為母語的人差多少。並且你們都還上了馬克思主義政治課。馬克思可是就這個詞寫了一整本書的，《德意志意識形態》。你們肯定聽說過，對嗎？"

"意識形態是統治階級的政治工具。"坐在後排的一個男同學對著電子詞典讀道。

"好，那我們就從這個說法著手，意識形態是統治階級為我們製造或是強加給我們的某種東西。我們現在回到街上的那些騙子。有些人是首次被騙，但是有很多其他人見過這個把戲，知道這是個騙局但仍然堅持去玩並且輸錢。就像你們聽說的那種金字塔騙局，人們把錢投資于某種根本不存在的東西，一旦騙局崩塌，處於頂層的騙子就卷錢跑了。這是大型的核桃殼遊戲。這種把戲在每個地方都能見到，從來不缺新人加入其中。為什麼人們如此容易上當呢，並且是一而再、再而三地上當？"

無人回答。

"是因為信任。信任是種多麼奇異的東西啊。相比愛，我們更傾向于信任他人。我們有很多很多的信任可供分發，並且我們任意將其施與他人，就好像信任是剛剛出爐的餅乾，我們要趁熱將其分發出去。我們很多人都是隨意，甚至粗心地使用著信任。隨意地將其分發給陌生人和朋友，而有些人則比較謹慎，只信任比較親近的人。但是信任他人真的明智嗎？讓我們想想如果所有人都不再信任，後果會怎樣。整個社會都將停止運轉，我們將寸步難行。你們不會來上課，因為不信任我會來，我也因為不信任你們而不出現。你們根本不可能結婚，因為不相信你們的未婚妻或未婚夫會出現在婚禮上。其實從第一次約會開始你們就不相信對方赴約。最簡單的交易也做不成。你沒辦法打車，因為司機不相信你會付錢。餐館不信任顧客會付錢，顧客也不相信餐館提供的食物。經濟會崩潰。你們大概可以把信任稱作這個世界上最重要的東西了。但是因為信任可以隨意給予，壞人會利用人們的信任。這就是我們生活在一個充滿信任的社會裡需要付出的代價。"

科伯特如此迅速地贏得了同學們的信任，有些同學甚至開始懷疑他是不是有什麼陰謀，並且意圖占他們便宜。而因為課後有越來越多的女生聚集在他辦公室，這顧慮也在不斷加深。令人難以置信地，他在三周後就可以認出他們所有人———一共100個學生。中國教師知道他曾經教過"記憶的藝術"課程，並且可以通過記住學生名字作為演示。但是關於他到底能記住多少名字不斷有不同猜測。還有關於他使用了催眠術，魔咒或大腦控制術的謠言。

不過有一點是關鍵，這也是他能從所有的質疑當中脫身的原因：他不允許學生單獨去他辦公室，必須兩個或者兩個以上一起去，原因很簡單，他沒有時間單獨輔導學生。一旦有兩名學生出現在他辦公室，其他學生都可以自由加入，從別人的提問和回答中受益。為此，他的門一直開著，辦公室儼然成了一個小教室。

因為中國學校沒有辦公時間的傳統，所以男老師從來不會有私下"引誘"女學生的嫌疑。只會有膽子特別大的學生會在課後圍住老師問問題、尋求幫助，或者幸運的話，能獲得老師從教室走去停車處的幾分鐘寶貴時間。中國本國的老師事實上覺得外教們設置辦公時間這一套十分奇怪，因為這些課餘時間完全可以用來兼職另一份工作來補貼微薄的薪水。但是鑒於男外教一般都好色的傳言，一些學校擔心可能招致不良後果，就把外教們都安排在一個叫做"外國專家辦公室"的地方，加以防範。

而且科伯特還不留手機號碼，要求學生通過課程局域網，而不是私人郵箱向他提問，來保證自己的良好名聲。總體上來說，他在學校歷史上算是一個無懈可擊的外教了，除了一件奇怪的麻煩事兒一直揮之不去。據反映，他坐在辦公室中央，學生們在他旁邊圍成一圈時，他明顯沒有穿內褲，那碩大的陰莖在他緊繃的褲子下一覽無餘，甚至比站在講臺前時更為明顯，一直垂落到大腿中部，猶如手榴彈一樣扎眼。

在本學期第四周的辦公時間，其中一名問問題的學生一直跟著他，隨他一起離開教學樓。一路上的蟬鳴，加上稀疏的燈光，給校園增加了幾分田園氣息。

"哦，賽賽，是你。你想和我談談？"

"可以嗎？"

"當然。"

她沉默了一會。

"怎麼了？"

"我很敬佩你不穿胸罩。"

"胸罩？什麼意思？"

她指了指他的襠部。

"哦，這個啊。"

"我希望我也能有這樣的勇氣。但是我不敢。你知道嗎，有些同學討厭你。"

"討厭我？真的嗎？這麼糟糕？"

"他們害怕看到你這個樣子，都不再來上課了。"

"哦，我知道你說的是哪些人。"

"我勸你不要讓這些人掛科。這可能會給你帶來麻煩。"

"他們想要多少分就可以得多少分。我的工作是傳授知識。只有感興趣的學生才應該來上課。這才是最重要的。"

"你為什麼不穿內褲？"

"我從小就習慣不穿。我的父母都崇尚自由。我們自己做衣服。我沒辦法忍受內褲或者普通褲子的感覺。我試過，但是覺得非常不舒服。"

"你從哪兒來的？"

"洛杉磯。"

"每個人都能看到你的陰莖。"

"我也不能把它放到別的地方啊。"

"你說我們都被意識形態影響了。但是有些人沒有。我能理解並贊同你所說的，但是其他人——他們不能接受你。我們是有不同意見的。如果每個人都是意識形態的奴隸，為什麼會有意見的差異呢？為什麼有的學生看到你的陰莖後十分驚恐，而我卻不呢？"

"但你同所有其他女同學一樣，穿著胸罩。你看起來很聰明，但是仍然被普遍的意識形態束縛。你的思想包裹在胸罩裡。意識形態就是一個集體胸罩。重要的問題不是為什麼我不穿內衣，而是為什麼其他所有人都穿。究竟為什麼會有人對此有意見呢？"

她不說話了，轉過身面對他。"我想要撫摸你。"

"不行，賽賽。你得先畢業。然後也許我們能在我的進階課上再見。"

她把手從他的褲子抽了回來。"進階課程？"

"這只是初級課程。目前我不需要再多說什麼了。總之你還沒有準備好。你畢業以後，我的進階課程會在我的住處繼續的。但你不會是唯一的學生。還有其他人。"

"我想去。"

"晚安。下禮拜見。"

我想你們肯定都知道我接下來要說些什麼了：意識形態是個大型的核桃殼遊戲。對了。你也許還會想，那又怎麼樣？有什麼問題呢？我們不是好好的嗎？沒有人搶我們的錢或欺騙我們。到目前為止我們生活得很好。嗯，那讓我問你一個問題，科伯特說道。你們這些男同學，為什麼你們都每次都坐在教室的後兩排，並且以後還會毫無例外地坐在那兒？是學校命令你們坐在那兒的嗎？當然不是。但你們真的是基於自由意志選擇坐在那兒嗎？讓我猜猜，你坐在門口，這樣當你溜進教室的時候我貌似就注意不到你，你也方便第一個離開。坐在後排很好，我沒辦法清楚地看到你——就像你戴了一副墨鏡一樣。這樣一來比較方便你偷看手機和iPad。你們已經習慣了。你們人數比女生少太多，不敢坐到前排來，不敢跟她們搶位子。

坐在後面，我們才好觀察和比較所有女生，一名男生說道，大家跟著笑了。

沒錯，你們有一百個合理的原因坐在後排。但為什麼不能更有創意一點，嘗試坐在不同的地方？比如沿著最外邊的座位，或者過道坐，這樣女生們得從你們身邊擠過去？或者為什麼不總是坐在最漂亮的女生旁邊，就像美國大學裡的男生那樣？為什麼不每次選一個不同的女生包圍著她坐、恭維她？這間教室很大，有很多空座。為什麼不沿著對角線坐，好像國際象棋的佈局那樣？有某種東西導致你們總是坐在後排，像魔法一樣。這背後究竟有什麼奧妙？

這次全班都陷入哄堂大笑。

意識形態就是這麼個東西，它是某種騙術，但是沒有那個施騙的人。回想一下，我在玩核桃殼遊戲時並沒有欺騙你們或者拿走你們的錢。我扮演的角色更接近一個魔術師。魔術師收取的唯一費用是看表演的門票，而我連門票費都沒收。相反，我還向你們揭秘了這個戲法。這不是一個騙局，因為沒有欺騙者，至少你們無法指出是誰。在三種情況下都是同一個戲法——不管我是作為一個騙子，魔術師或者是向你們揭開秘密的老師。不管我有沒有耍詐，都是同一個戲法，用的是同樣的技巧和手法。但雖然這是一個誠實的戲法，你們還是為之付出了一定代價。

所發生的事其實遠遠比騙點錢更為深刻，真正的騙局是讓你們所有人想的、做的都一樣。是什麼戲法導致所有男同學都坐在後排，最積極的女同學都坐在最前排，剩下的女生坐在中間，而沒有人逼迫你們這麼做，但是每次的結果都像一個精心表演的核桃殼遊戲一樣可以預測？好好思考一下，為我們下堂課做準備。

當同學們都看著前方、凝視著過道，大腦像賭場轉盤一樣飛速旋轉起來時，科伯特達到了他此堂課的目的。

第二年的九月份，輪到院長的大腦轉得飛快了。難以置信的謠言就像初秋的落葉一樣越來越多，隨處可見，而且是他極不願聽到的謠言，有關一名剛被續聘即將開始新一學年的外教。從外事辦打來的電話並沒有消除謠言。

"請求您不要這麼做，我求您了，李處長……我們可以開個會把各個細節過一遍。我保證我們把事情從頭到尾捋一遍您會有不一樣看法的。好的，一會兒見。"

他掛下電話，凝視著窗外。他不得不承認不管事情的真相如何，很大程度上是院裡自身的原因導致事情發展到這個地步。事後回想起來，他才把一個個碎片都拼湊起來，而之前他和其他人都太專注自己的事，而未能預見和阻止事情的發生。

中國大學在對待外教的方式和態度上可以劃分為兩類，"全面管理"和"放手不管"，前者基於一些積極原因雇傭外教，而後者則基於消極原因。積極原因可能包括更好的教師資質，教學經驗，學術知識和專長等等。消極原因則可以簡單概括為把外教當作"垃圾桶"，把所有老師們最討厭教的課程，也就是寫作課都推給他們。

寫作課需要老師們花時間批改學生們的作文，至少在理想情況下是這樣。中國老師們習慣走進教室，把教科書往講堂上一放然後開始照本宣科。在學期末時他們快速地判一下期末考試的卷子，僅此而已。他們極度厭惡再多花任何時間在這門課上。資歷較淺被逼教寫作課的老師則堅持每學期只教一個班，不超過50名學生，並且很少看學生寫的作文（學生也因知道不會被抓而肆無忌憚地從網上抄襲文章）。

　　相反地，外教則是出了名地認真仔細，每週批閱學生的文章，好像絲毫不介意工作時間長、薪水低。因此要是學校能招到一個願意幫學院幹苦活、負責得離奇的外教，簡直就跟中彩票了一樣幸運。

　　科伯特的學校則把這種剝削手段運用到了極限。一旦發現外教信任學校並對學校的指示言聽計從，慣用的手段就開始一步步付諸實施。這份工作開始被宣傳成負責教授寫作（50個學生）和西方思想入門（100個學生），還有晚上給夜校學生上一堂英語口語（100個學生），每堂課每週4個小時。而當新聘用的外教到了學校簽了合同後，事情就開始有所轉變，教學安排就會做出一些"小調整"。50個大四寫作課學生變成了100個（每班50人而不是25人）。噢，如果你不介意的話——再次抱歉，招聘啟事上的描述有所差異——給夜校學生上的口語課其實也是寫作課。沒關係，院長安慰道，你不用給學生佈置太多寫作任務，一兩個星期寫一段就夠了。

　　這樣一來就要給200個學生上寫作課，是之前承諾的4倍，一些新老師覺得被欺騙和愚弄了。但是已經太晚了，他們這時已搬進了新住處，還在倒時差，通常憤怒一兩天後就屈服了（還反抗的話，就會被提醒違約將要繳納3萬塊違約金，相當於6個月的工資）。

　　這種"放手不管"的方式倒的確給外教們帶來了一個好處，就是他們可以自由地去做自己的事。只要學生給的評價過得去，院裡不會管他們到底教了些什麼，怎麼教的，事實上可能因為耍手段把他們騙來教書而產生的負疚感，院裡覺得再也不用跟他們打交道才好。

　　在科伯特這件事上，聽之任之的做法導致了另一個後果。疏于管理無意間導致了學院和外事辦之間的溝通中斷，他們都沒有將雇傭這名新外教的事告知外國專家招待所。於是招待所的空餘房間都被用來招待學校賓館住不下的出差客人了。他們沒辦法只好為科伯特在校外找了住處，並且需承擔額外花費。而一旦安排他住下之後，他們就都將其拋在了腦後。

　　直到第二年夏天謠言四起。外事辦也變得同樣好奇而緊張。他們告訴科伯特有好消息，原本在外國專家招待所給他安排的住處現在終於空出來了，讓他收拾準備好，會儘快派一輛車來幫他搬過去。

　　什麼？科伯特很驚訝。他對現有的住處挺滿意的，並沒有想搬的意思。

　　也許這中間有什麼誤會，他們答道。學校有規定，外國專家必須住在學校。他是特殊情況，臨時安排，並且現在事情已經得到了解決。中國人總喜歡用禮貌的方式來傳達命令，以避免公開衝突。科伯特以為他們在讓步時，他們恰恰變得更為強硬了。

　　但是接下來英語學院又意外地傳達了來自院裡的意見，把事情進一步複雜化了。他們新招的、給50名大三學生上寫作課的女外教在到達中國後得知，其實要給200個學生上課後，當場拒絕並且辭職了（有史以來第一個這麼做的）。他們現在很需要一個頂替她位置的老師，而科伯特是個上佳人選。如果他能給100個大三學生上課的話，院裡說，會安排中國老師負責剩下的學生。

　　把300名寫作課學生丟給他，還突然下最後通牒要求他搬住處，科伯特覺得這太過分了。這是原則問題。他也給院裡發了最後通牒，如果不接受他就辭職：工資加倍並且讓他留在原來的住處。這讓外事辦變得很難堪，事情一整個星期都處於膠著狀態，直到不斷有更多流言傳來，說這個外教住處有許多可疑行跡，外事辦和學院就此開了個會。

外事處的李處長把他們所知道的細節都講了一遍。"一些科伯特上個學期帶的學生找到我們，說很多同學——也就是他之前的學生——每個星期都去他家練習裸體瑜伽按摩。可能是某種有關性的儀式和行為。"

"裸體瑜伽按摩是個什麼玩意兒？"院長說道。

"我們也不清楚。學生說他們也是從沒有參加過的學生那兒聽說的。目前還沒能找到直接的目擊者。我們檢查過科伯特的所有私人郵件，並且掌握了他的通話記錄但還沒有任何發現。如果直接問他的話可能適得其反，他有可能就跑了或者直接否認。我們想派一個人到他家參加一次活動，親眼看一下發生了什麼，也想過在他住處外監視，等看到一群女生進去後，再敲門，但是如果時間把握得不對沒有看到有什麼不對勁的話，這也可能適得其反。

所以最好是潛入到那群人中去。我已經想到了一個人選，是他曾經教過的學生，可能願意這麼做。回想一下2010年發生的馬教授事件，'聚眾淫亂'——三名或三名以上成年人一起發生性行為——是違法的。如果真在進行任何非法的事兒，這個學生會短信通知我們，我們可以當場將其抓獲。我想你應該也意識到了，這件事挺嚴重的，一旦洩露出去對我們所有人，對學校都將造成極大傷害：一個外教對即將畢業的學生洗腦，唆使他們進行變態的性活動。一旦被發現我們一直對此知情但坐視不管，這會成為新聞事件，變成醜聞的。我們都可能飯碗不保。"

"我同意如果一切屬實的話，這件事十分嚴重，不能容忍，"院長回應道，"但我們面臨幾個問題，首先，從您剛才和之前在電話裡告訴我的情況看來，牽涉的只是他以前教過的學生。他們現在都已經畢業了，從7月份開始就跟學校沒有聯繫了。同時，這些都不是發生在校園裡，而是在一個私人租賃的公寓。沒錯，我們和科伯特是雇傭關係，但是他在住處同我們管不著的人發生任何事情，純屬私人行為，至少對於我們來說是這樣。即便是非法的，我們並不知情，以前不知道，現在也沒必要知道。畢竟都只是傳言嘛。我們試圖搜集證據的做法反而可能構成非法行為了。這是科伯特和員警之間的事，跟我們沒關係。

"第二，"他繼續說道，"你也注意到了，從來沒有一個科伯特的學生私下提出過任何投訴。唯一的抱怨是他的奇裝異服，這在某些同學看來很下流，但是嚴格說來只能算品味低下。從來沒有學生投訴說受到騷擾或者性暗示，也從沒見過他在辦公室或者校園裡任何地方同某位女同學單獨相處過。他講課的內容也一直是同課程相關的，從來沒有討論過性話題或者其他不道德、無禮的內容。他也從來沒有提起過敏感的政治話題，或者蔑視過中國社會主義。學生們給他的課程評估結果滿意度是我印象裡見過的外教最高分。他的教學不但沒有出錯，你也知道他是如何不可思議地大幅度提高了學生們的專八成績，這可是從來沒有一個老師做到過的。你知道這是多大的成就，並能多大程度地提升我們學校的聲望嗎？我們已經在跟一切可能的合作夥伴討論，怎樣跟科伯特就他的記憶力藝術進一步展開合作了。我們可以從中賺取不少利潤。也從來沒有任何家長抱怨過，反而都對大幅提高的分數感到十分欣喜。

"英語學院裡的其他老師也很喜歡科伯特，因為他們從此就不用再教英語寫作課了。他同意給300個學生上寫作課！這不是常人能做到的。並且他完成得十分出色。有一些同學向我展示了他們的寫作技能得到了怎樣的提高，我完全驚呆了。他們以前都寫一些很幼稚愚蠢的文章，例如他們如何喜愛校園裡的紅色磚瓦樓，事實上校園裡根本就沒有紅色磚瓦的建築！他們每年都是炒現飯，根本不知道自己寫了些什麼玩意，直到這夥計出現後，他們居然讓人難以置信地可以對中國和西方哲學進行一番十分有見地的比較。

　　"對了還有，這些謠言顯然都是之前不喜歡他的那群學生傳播的。你告訴過我他們是誰，我也知道都是什麼人。那些跑去向你報告的和留校讀研的學生是同一群人。其中一個是黨員，想借此跟你們邀功套近乎。這群學生恰巧也是專八成績並沒有提升的一群人。目前，我們並不確定知道，但是可以推斷，那些在專八考試中得分最高的學生都是對他的教學十分推崇並深受鼓舞的，很可能也是出入他住處的那撥人。如果是這樣的話，我們該怎麼辦？我們還有什麼可說的？再說了，現在的情況對所有人都是共贏的，幹嘛要把船掀翻呢？"

　　院長的理由顯然十分充分，大家同意先把問題擱置，直到有更過分和嚴重的指責出現再說。科伯特保住了他的工作和住處。學生們中間的確流傳開了更加繪聲繪色的傳言，但這唯一的效果是吸引了更多人去上他的西方思想課，圍繞在他周圍（所有學生合成一個大班，課程移到了學校的階梯教室好裝下100名學生和眾多前來旁聽的學生和老師），他很快就成了一個校園傳奇人物。

　　然而怎樣進入他的"進階課程"，一直是個謎，並且讓許多人感到失望受挫。雖然大家得知畢業並永久離開校園是加入的首要條件，但是只有當你幸運地被認為值得信賴時，才會有同學聯繫你並介紹你加入。

　　有傳言說只有少數幾個女生有勇氣前去參加，並且根本沒有任何裸露或者性方面的行為發生，因為必須要經過前期訓練，首先要長時間練習靜默和冥想的藝術。瑜伽，裸體和按摩會在之後的課程中逐步加入，先各自進行之後再融合在一起。只有當一個階段全部完成後才能進入下一階段。

　　另外又有傳言說同時進行的裸體瑜伽按摩活動已經明目張膽地展開，並且傳得有板有眼，繪聲繪色。例如，這種奇特的瑜伽形式的目的據說是將體內毒素釋放和淨化。做瑜伽動作時，人體肌肉處於收縮狀態，這時塗上油進行按摩，才能把有毒能量排出體外。傳言說有人聽到裝修牆壁的聲音，以及很多尖叫和笑聲，並且參加的人太多了，地方容不下，只好分組在不同的晚上進行；另外還有很多急切想加入的。有人聲稱曾遇到過參加進階課程的人時，都認不出她們來了，完全變了樣，特別開放。有人說大家見到這些被徹底改造了的女人後都不斷請求加入，但是沒人被邀請。

　　不過關於到底發生了什麼，大家都不置一詞。要麼你是其中一員，要麼你不是，而幾年後科伯特還同他剛來時一樣神秘莫測。

誘惑

瞭解越多反而越神秘的山東女人

"說說吧，發生了什麼？"

"讓我從頭說起。她很高，長著一雙電影明星一樣的眼睛，胸部偏小，但有屁股。我們第一次見面時她穿著緊身黑色T恤和綠色工裝褲，戴了一副墨鏡，但是我們在咖啡館一坐下她就把墨鏡摘了。這很重要。我最不能忍受不肯摘墨鏡的人，在第一次見面的時候必須看到對方的長相。她很漂亮，我當時就覺得我肯定沒機會再約她第二次了。事實上我很好奇像她這樣的女人幹嘛要在網上找男人。"

"哇。"

"嗯，幾天後我們一起吃了晚飯，然後，聽好了，她邀請我去威海，山東一個沿海城市，去拜訪她媽媽，就在那個週末！我一開始覺得，怎麼這麼奇怪，該不會是什麼騙婚陷阱之類的吧？而且都不提早些通知？但我之後想，管它呢，也許挺有趣的，而且可能會加快把她弄上床的進程。這也許是跟她上床的唯一途徑。我在那兒待了三天。"

"都發生了些什麼？"

"別急。聽我慢慢說。"

"你剛才說她離過婚？"

"對，她33歲，有一個八歲的女兒，現在跟她媽媽一起生活。安娜在北京工作，因為戶口的原因沒有把女兒帶在身邊。"

"噢，這麼說，她定期回老家是去看她女兒了。說不定她早就把這次行程計畫好了的。她英語怎麼樣？"

"不是很好。我們都是說中文的，這對我而言沒問題。"

"Anna。她們老是喜歡取這些俗氣的英文名，聽上去像東方妓女，什麼Rose，Lily，Anna。"

"事實上她的中文名就是安娜。"

"她在網上找男人，外國人或者任何男的，原因很簡單。中國男人不願意跟一個離婚帶著孩子的女人有任何關聯。他們不願意招惹離過婚的女人，就是這樣，更別提還帶著一孩子了。他們寧願在垃圾車裡建立一個家庭，也不要跟離過婚的女人在一起——這就是這兒男人的想法。而且她明顯是想弄一個北京戶口。她碰不得的。麻煩，沒救了。"

"不是這樣的。雖然離過婚，以她的身材和長相，還是有市場的。沒錯，小孩是個拖油瓶，但她女兒真的很可愛很乖，而且是個美人胚子。我一直想要一個女兒，不介意家裡有這麼個小傢伙竄來竄去。重點是，安娜真的很漂亮。要是在美國，追她的人會排長隊的。"

"那，問題在哪兒呢？她床技太差？"

"聽我說啊。是這樣，我乘一班夜車趕到那兒，她第二天一早來火車站接我，然後帶我到一家連鎖餐廳，就是那種提供酒水但是很早就開門的店，我們吃了些點心，咖啡還不賴。一整天我們就東奔西跑，她要辦很多事。真的很無聊。她想讓女兒上一所競爭很激烈的舞蹈學校，要給女兒拍些藝術照，放在申請學校的簡歷裡。我在一家攝影店待了足足兩個鐘頭，聽她跟店家討價還價。我覺得這是在考驗我的耐心呢。然後我們三人在海邊瞎晃了幾小時。之後就去了她家。"

"她家怎麼樣？"

"挺好的，出乎我意料。就是那種在各個中國城市不斷湧現的新建住宅社區，是複式雙層樓，而不是高層建築。她父母都是大學教師。父親很早就去世了，母親退休了，看上去身體不錯，挺精神的，而且有文化。房子很大，裝修得也很有品味，擺放著很多書。房子建在山上，臥室裡還有個大飄窗，可以看到市中心和遠處的大海。我會很願意住在這樣一個家裡。不過我沒有在那兒過夜。那天晚些時候安娜把我扔在了一家酒店，這我之前倒是料到了，因為通常的安排就是這樣。我已經不準備和她上床了。同樣地，這都是在考驗我經過這麼多折磨之後，是不是還對她有興趣。我反要感謝她，把這些考驗都一股腦兒統統一起丟給我了，倒把這過程縮短了。"

"沒錯，我認識一個中國女人，她特驕傲地告訴過我她曾經就是這麼考驗她男朋友的，讓他足足煎熬了八年時間，最後放棄了。不用說，他就從沒得手過。之後她徑直跑去跟另外一個人結婚了。呵呵，真是個可憐的混蛋。"

"你這個例子太極端而少見了。她很有可能變態地對看著他受虐上癮了，因為兩個人都很固執所以把這種情況持續了這麼長時間。我打賭她那時肯定偷偷跟其他男人睡了。"

"她前夫怎麼樣？他們為什麼離婚？"

"她不願意告訴我這些細節，只說兩個人不合適。她不是個知識份子，看上去對看書也毫無興趣。她前夫也是教授之類的，數學教授。有可能他開始的時候被她的美貌所吸引，後來對她徹底厭倦了。"

"這對你來說，不也同樣是一個問題嗎？"

"對，沒錯。這很奇怪，因為她是在一個到處都擺滿了書的家庭裡長大的。一般來說不讀書的人是從他們父母那兒繼承了對書的厭惡。但她從小就被書包圍著啊。"

"聽上去你攤上了一個徒有其表的花瓶。"

"她在其他方面挺敏銳的。說話清晰有條理，聽得出來受過教育。她有一點嚴肅，不輕佻，我喜歡女人這一點。她也很實際，看上去基本正常，情緒也很穩定，並不會給人以花瓶的印象。不過唯一讓我覺得不安的是她有個習慣，老責備她女兒，而且不是因為她真的做了什麼，而是因為她可能會做某些事情。"

"哦，這可不妙。等到你娶了她，她就會開始把責備加在你身上了，不是因為你做了什麼，而是因為你可能做什麼。她是做什麼的來著？"

"賣什麼東西的，我忘了。自己做生意，沒給任何人打工。她能控制自己的時間。我覺得我是沒辦法跟無法控制自己時間的人維持長久關係的。你也知道這兒有好多人沒日沒夜地工作。完全不人道，大多數人的工作時間都很長。即使是擁有名校學位的白領每天也工作十個、十二個，有時甚至是十四個小時。這把人整個掏空了，根本沒有時間去生活。而他們就像機器人一樣忍受著。因為如果你周圍所有人都是這樣的話，你也必須順從。我之前一個學生，非常出色的一個人，告訴我她畢業後在銀行找了份工作，剛開始的半年裡每週要工作七天，領一半的薪水。他們所有人只能忍受這種狗屁待遇。這是一種心理脅迫和侮辱，從一開始逼他們學會順從，把所有反抗的想法統統扼殺在搖籃裡。"

"她對錢很在意嗎？"

"哦，對。她希望所有的錢都由我來付——每一頓飯，每次打車，每件小事。我開始有點生氣了就問她說'真得什麼錢都要我出嗎？''當然了！'她說。"

"這不是慣例，但挺典型的。這又是一盞紅燈哪。如果你覺得她現在就對錢這麼執著，你等著結婚後吧。另外，一且結婚了，她會把包攬家裡大大小小所有事，讓你自由支配自己的時間。這就是個責任分配的問題。她會讓你把全部收入都交給她，但你要在一開始把條件談妥了，確保她給你足夠的零花錢。」

「好吧，第二天大同小異，我們跑了很多地方，極度無聊。我們花了一整個下午逛一家商場，她幫我挑選給她媽媽的禮物。我也不知道為什麼我要給她媽媽送一份體面的禮物，但似乎這對安娜來說有很重要的意義，她左挑右選，最後選了一塊亞麻桌布。挺貴的——一千塊。然後我得請她母親到一家很貴的餐館吃飯，席間把禮物遞上。我始終不太明白這究竟是怎麼回事。」

「她，還有她媽在引誘你結婚呢。」

「但我根本從來沒提過和結婚沾邊的事！」

「我知道，這就是奇怪的地方了。」

「第三天開頭的時候也是一樣的，快到傍晚時，我們又到她媽媽家，什麼也沒做，就坐在那兒看電視。到那個時候我真的已經非常焦躁和沮喪了。難道就我一個人覺得無聊嗎？還是她們其實都無聊？我的意思是，為什麼我們不能一起做點什麼有趣的事兒呢，比如說帶她女兒去遊樂園，看電影，或者坐船去看海？就在我快忍不住想直接告訴安娜我希望能跟她單獨相處時，她媽媽似乎也有同樣的想法，告訴我們滾去外邊，到亭子公園去玩，就我們倆，而不是我們三個人。真見鬼，原來她需要從她媽那兒獲得允許才可以有所行動！」

「這實在是典型的中國人作風。」

「我們大概花了一個小時在公園裡爬山，途中她不停地盤問我是否誠心想認真交往。她並沒有提到‘婚姻’這個字眼，但是她的語氣讓我覺得整個宇宙的命運都完全取決於我是否懂得婚姻的涵義。我很坦白地告訴她，承諾和愛需要時間來培養，隨著一段關係的增進，投入和責任感也會隨之加強。她似乎對此回答很滿意。當我們到達山頂的亭子時，一坐下她整個人都變了。那拒人於千里之外的強硬外殼不見了，她放鬆下來。簡直像我們在演一齣舞臺劇，而場景進行了瞬間轉換。我當時已經覺得我可能跟她毫無進展並且接受這個事實了，因為確實在過去的三天裡我們兩個人沒有絲毫單獨相處的機會。她也從來沒有側身靠近我或者故意與我擦肩而過，女人如果喜歡你通常會有這樣的動作的。我擔心冒犯她，連她的肩膀都沒碰過。但突然她靠在了我懷裡！我用手臂摟著她的肩，她牽著我的手把頭靠在我身上。而當這一切變得如此輕鬆時，我又開始有些慌了，擔心我是不是真的得娶她，不過首先肯定得把她弄上床再說。我們下山後在一家挺不錯的海鮮餐館吃了晚飯。她宣佈可以來我住的酒店。但因為那兒的經理是家裡的一個熟人，她不希望被看到跟我一同走進酒店，所以會在我進去數分鐘後再單獨進去。"

　　"但是人們很容易猜到是怎麼回事啊。"

　　"但是形式上，她就是不能跟一個老外一起出入酒店。我們喝了兩杯紅酒，然後她洗了個澡，穿著浴袍躺在床上。她告訴我她在例假期間。我說我不介意。然後我們親熱了一會，我起身也去洗了個澡。我洗完澡出來時她已經把燈關了，赤裸著身體，張開雙腿躺在床上，她粘著經血的陰毛在浴室燈光的映照下熠熠發光。她當時處於經血流量最大的時期。血到處都是，她的大腿上，床單上。但她看上去對此渾然不覺。"

　　"這挺奇怪的。中國女人一般不肯在經期做愛的。她們認為這不利於健康，即便戴著安全套。"

　　"我知道。當時我的欲望完全被挑逗起來，無法自拔地陷入對她的情欲裡，事實上我已經和她墜入愛河了。我給她做了口交。"

"什麼？"

"對，我以前也從來沒有這麼做過，在經期給一個女人口交。我覺得那時我整個退化成了原始人。"

"你開玩笑吧。這我可是絕對做不到的。"

"接著，我操了她，然後又從後面操了她。我不知道當時我到底怎麼了。我根本不喜歡肛交，在此之前也從未跟任何人肛交過，但那時我就是被一種無法言喻的強烈欲望佔據，想要從後面操她。過程有點費勁，但是因為我的陰莖已經完全被她的經血潤滑了，所以還是完全進去了。她也享受其中，叫床的聲音很大。我覺得那簡直是我這輩子最棒的一次性愛。"

"聽上去很不錯。那問題到底出在哪兒呢？你看上去垂頭喪氣的。"

"她在酒店過了夜，第二天一早就離開了——要送她女兒去某個地方。我當天飛回了北京。從此之後我再也沒見過她。"

"為什麼呢？"

"她消失了。所有方法我都試過了。聯繫她的手機，郵箱，她在約會網站上的ID，但就是找不到她。杳無音訊。突然人間蒸發了。我想過回威海去找她，但是沒有她的地址也不知道怎麼去到她母親家。我也不知道她在北京的辦公室在哪兒。我完全處於任她擺佈的狀態。都過去一個月了。我根本想不通，我們分別時她還那麼依依不捨。"

"哇塞。"

神經官能症的奇妙益處

一個性癮患者決心去遍中國每一家按摩場所

遙遠處閃爍著紅色霓虹招牌的光，看起來像螢火蟲。而我如飛蛾般無法抗拒地向其奔去，因為它的形狀像極了漢字"足"。"足"這個字看上去像是一個站著或蹲著的人，上半邊兒"口"代表這個人的頭；但有人認為這個字實際最初描繪的是一個腳印。另外還有一種觀點認為"足"字下半部分就代表著腳部和小腿，而"口"代表的是膝蓋骨。這個字本身散發著獨特的魅力和能量，似雙腿站立一樣擁有完美的平衡感，像一個在起跑線做預備動作的跑步者，或是一個溜冰的姿勢，又或者一個按摩師將手放在按摩物件軀幹上的形象：真是一個張力十足的象形字。中國漢字，特別是那類最簡單的象形文字（成千上萬的漢字在其基礎上衍化而來），將象形意義以及抽象風格完美地融合在了一起，它們既是圖畫，又是標識，同當代最著名的公司標識一樣令人記憶深刻。如果你能理解一個設計精良的標識背後的巧思，那麼你在漢字欣賞方面就可以說已經入門了。

不過哪怕沒有注意到遠處的霓虹招牌，我也是要在這條街上四處搜尋的，我每到一座城市都會如此。現在的位置是北京西南部的豐台區，離我住的地方很遠。很多按摩店都隱蔽在樹陰後面。有時候街道旁的小巷子裡也會有一些，只有觀察敏銳的人才注意得到。更多的按摩店——也是最好的那種——則開在住宅社區裡面，同樣不在街道旁。所以我在筆直朝那個招牌走去的同時，也在同時留意著沿路更有誘惑力的招牌。在走到目的地時，我發現相鄰還有兩家按摩店，都用紅底白字寫著"保健"，是不帶燈箱照明招牌的通常樣式。這真是一個有趣的詞。一種常見的店鋪招牌是"保健品"，也就是賣營養品或自慰用具和性玩具的店，"保健"其實是性的委婉語。但如果你看到一個招牌上只有"保健"二字，它的含義則是完全不同的，其實指的是"保健按摩"，也就是強身健體，而不是帶有性服務的那類按摩。

　　並不是說對於不同種類的按摩，包括色情類的，找不到更準確的稱謂。中文是一種極其委婉的語言，你得像剝洋蔥那樣層層思考才能理解一個詞的含義。例如，除了詼諧的"打飛機"，中文裡找不到一個其他的正經詞彙來形容此項服務了，而且即便是打飛機也很少使用，意思最接近的、能印在服務功能表上的中性替代語，就是那個滴水不漏的"推油"（或者"精油"、"淋巴"、"歐式"按摩等等，意思都是舒緩按撫）。而出現在按摩服務功能表上、可以指代一切的"SPA"一詞——在其他場合一般指的是專為女性提供美容按摩的場所——也同樣有著色情涵義。

　　推油按摩並不一定就會附送打飛機服務。有可能你只是穿著一次性短褲做了次禮貌的瑞典式按摩，而如果你暗示按摩師自己期待其他更多服務，按摩師會覺得被冒犯了。也有可能的確不止按摩，你的褲子被褪下，前列腺被細緻地按摩，私處包含在服務範圍之內，陰莖只不過是另一個被按壓的器官而已，不管是否包括達到射精效果的服務。而最不願遇到的結果其實是毫無誠意的、五分鐘完事的打飛機服務，根本不帶按摩。

　　鑒於在中國無法準確預測表面含義同真實含義之間的聯繫，我走進第一家按摩店，準備迎接即將面對的無限可能。一隻腳跨過門檻後，我看到四個染黃頭髮、戴假睫毛的女孩

兒坐在沙發上，穿著花哨的綢緞便服和魔術升杯胸罩。她們
看了我一眼，沒有起身，於是我知道她們是妓女，而不是那
種最最低級的——騙子，黏在你周圍，把你拖進店裡。那種
騙子的店一般都開在外國遊客眾多的旅遊景點周圍，招牌上
用英語寫著 "Massage"，用日語寫著マッサージ。

　　這些騙子的服務流程是這樣的：一名女孩兒把你帶到一
間放著一張小床（並非專門的按摩床）的小房間裡，坐在床
邊幫你把皮帶鬆開。然後另一個女孩兒也進來了，她們勸你
花兩倍價錢讓兩個人給你按摩。還沒等你決定呢，第三個女
孩兒又進來了，她們可憐兮兮地哀求、甜言蜜語地哄騙你花
三倍價錢讓三個人為你服務。一旦你同意了，兩名女孩兒就
會離開房間，剩下的那個開始給你脫衣服。"哎，那倆女孩
兒去哪了？"你問道。"過幾分鐘她們就會回來。"這麼說
她們的意思並不是三個人同時為你服務，而是依次來。

　　不僅如此，你還發現，如果你不多塞點錢，那女孩兒根
本不肯靠近你的陰莖，因為任何額外的服務都是要收錢的，
基礎收費只是一般按摩的價錢。"這是哪門子按摩？！"你
抗議道。這時候另外兩個女孩中的一個又重新出現來安撫你
的情緒，不過她這時也要求額外一筆費用，僅僅因為她出現
在房間裡！一旦你同意了（你會對自己在那種脆弱情況下可
能答應的事情感到震驚的），第一個女孩開始在你的陰莖上
抹油，另一個再次離開。而如果你要求那個女孩回來，她會
回來接手，而第一個女孩離開。

　　這個時候你已經怒髮衝冠了，早已不在勃起狀態，穿上
褲子準備離開這個鬼地方。你還意識到她們這麼做的目的恰
恰就是故意讓你生氣、儘快離開，好去對付下一個傻瓜。但
走之前得把帳結清。因為你只願為自己接受的服務（基本談
不上接受了任何服務）付錢，因此討價還價的過程變得有些

難堪。而此時女孩們的男性朋友們出現了，你得跟他們談，而在你進店的時候他們可不在那兒。你可以跟他們吵，但還是得認栽。當你看到他們如此迅速、妥當地完成轉帳手續時，幾乎都開始覺得這錢花得是值得的。

不過我現在探索的這個地方極度本土化，人們的目光直接穿過我，根本沒有察覺他們之中有個外國人，就仿佛他們根本無法想像在自己生活的地方會出現我這樣的生物。我對妓女毫無興趣，因此沒有進門就轉身走了。

隔壁的那家店也掛著保健的招牌。我走了進去。他們的價格比較合理，推油按摩一小時200塊。店裡僅有的一個女人，二十多歲，長著一雙迷人的眼睛，把我領進一間屋子。屋子被隔成一個個剛好能放下一張床大小的隔間。然後她遞給我一條一次性短褲。

"我不想穿這個，你能給我一條毛巾遮一下嗎？這短褲穿著不舒服，我不喜歡。"

"不行。"她說。

的確有某種政策或規定要求使用這種一次性短褲，但仍然有很多地方並不遵守，特別是那些對男性裸體比較習以為常的資深按摩師。她出去了，讓我自己把衣服脫了。床墊是真的彈簧床墊，而不是硬木板加床褥；這說明這家店還是很重視顧客舒適度的，因此我這次消費應該會物有所值。我臉朝下躺好後，那個女孩進來了。她叫小芸，四川人，有些生硬、不苟言笑，但是她手的觸感是友好的。按摩了我的背部和腿部後，她讓我翻過身來。

雖然我更中意全裸按摩的刺激，或隨時可能掉落的毛巾所隱含的戲劇性，但是一次性短褲其實也可以有很強的情色意味。它們的質地是某種透明的、藍色、較有韌性、像紙一樣的材料。另外還有一種更薄、更易破的短褲——也就是我現在穿著的這種——輕輕一用力就會撕破。它幾乎是完全透明的，陰莖透過其表面清晰可見。比較細緻的按摩女會在按摩大腿之前把短褲褲邊卷起來固定在臀部邊緣。有些按摩女則會從短褲上方或下方把手伸進去以按摩到更多部位。還有一些按摩女則會直接把短褲拉下來，在你翻身前再幫你穿回去。

　　小芸則採用了第四種方法，在腿部把短褲撕開，好讓手能自如地伸進去，但是她想要為"推出來"的服務另收100塊。我一般不會同意接受打飛機的服務，尤其是在還要額外收費的狀況下，但是她那令人陶醉的雙眼……我妥協了。這時另外一個按摩師出現了，並且走進我們的隔間，過來問小芸一個問題。她打量了一下我，離開前把手伸向我的陰莖，讚賞地捏了一下。

　　她走後小芸在我的陰莖上塗了油。她技術不佳，動作太快。我得給她些指導才行。但接下來她的舉動讓我意想不到。她把臉湊近我，直勾勾地看著我的眼睛，雙唇微啟，上衣開得很低，乳房垂落下來。我透過她的上衣揉捏她的胸。她脫去上衣和胸罩，褪下褲子。我一隻手擠壓她的乳房，另一隻手插進她的陰道。她把手蓋在我撫摸她乳房的手上。我更瘋狂地蹂躪她的乳房。她的五官開始集中、扭曲，很快她高潮了。而我不希望她幫我也完成高潮，那還是留待下次相遇吧。

　　離開店裡的時候，另外一個女孩吸引了我的目光。也許有一天我會回到這家店點她按摩試試——如果她還在這兒的話。如果這家店還在這兒的話。

　　我順著這條街往回走，去往本來的目標，那家有紅色霓虹燈招牌的店。跟"保健"一詞一樣，"足"也是簡稱，指代足療，或足道。這家店用的是足療這個詞，但是這兩個詞實際上是可以互換的，所有的足療/足道店都提供同樣的足部和全身按摩服務，"足"在中國是指代按摩的通用標識。

　　店裡的女老闆歡迎了我的到來，並叫來一個按摩師，雪玲，一個活潑的、長相平凡的重慶女孩。我再次詢問能否不用她遞給我的一次性短褲而用毛巾。沒問題，她說，然後去幫我拿來一條毛巾。但過了一會兒她跟女老闆一塊過來向我解釋我還是必須穿一次性短褲。

　　按摩床有一個洞，在俯臥時可容納頭部，我在上面躺下。雪玲似乎對我有意思，她在彎腰將雙手伸向短褲下我的臀部時，挑逗性地將大腿夾住了我的頭。這家店使用的是橄欖油（它只用作嬰兒油的時代已經一去不復返了），擦在身體上如天鵝絨般柔軟順滑。

　　更重要的是，她擁有"觸感"。只有少數一撮按摩師具備觸感，而一旦你遇上一個有觸感的按摩師，他們溫熱的手掌在你身上盤旋、揉捏，那將是無以倫比的美妙，他們將油塗抹在你身體時會讓你周身感到一股暖流，手掌接觸你皮膚的那一剎那你感到難以言喻地舒服。即便是完全沒有性元素的按摩，如果遇到一名有觸感的按摩師也會是物超所值的服務，他們手法細膩地按摩你的脖子和腳部，讓你感覺像是陰莖在接受按摩，而如果你幸運的話，你會感到自己的睪丸像屁股一樣被掰開，陰莖像是接受了一次足底按摩一樣各個穴位都被恰到好處地刺激……

　　雪玲把短褲褪下，將我的臀部完全裸露在外面，然後在我的雙腿間塗上油。她對此沒有絲毫害羞。她按摩著我兩邊的屁股蛋，以及屁股溝，手指伸進了肛門和會陰，但是並沒有捧住我的睪丸。這沒關係，她在掌握著節奏，吊我的胃口。她將短褲提到原來位置並把我翻過身。她直接將雙手伸向短褲裡，使用的油剛好完全浸透陰毛，手指如蛇一般在底部蠕動、遊走，然後伸向我勃起陰莖的根部，仿佛是將其從土壤中挖出來一般。我希望她能用手像握住槍一樣抓住我的睪丸底部，但是克制住自己沒有直接用語言指示她這麼做。她似乎很享受我的煎熬狀態。我懷疑整個按摩會戛然而止。我可以多加一半價錢，要求她延長半小時服務，有時候我會這麼做，希望碰碰運氣也許她們會幫我完成全套服務，但是實際上我更喜歡這種陷入焦慮、模棱兩可的狀態。它使你感到精力充沛。我內心燃燒、腫脹著離開這家店，期待著這漫漫長夜接下來還會發生什麼。

我順著原來的方向沿著這條街走了兩個小時，決心要完全走出這一片地帶。很快場景變換成一個工業區，到處是修車鋪，寫字樓，滿是垃圾的未開發地塊，還有巨大的工地正在建造高層住宅社區，過一兩年這建成後又會吸引一批新的按摩店在這開業。

商業店鋪又重新出現了，我的旅程得以再次繼續。我路過了十幾家最常見的提供按摩的場所，美容美髮店。它們良莠不齊，從臨時搭建的小棚到大型連鎖店各個層次都有。他們通常都提供全身按摩服務，但是那些髮型師基本都缺乏按摩經驗，而把精力集中在幫你洗頭髮時做肩頸按摩。許多比較破舊的店只不過打著沙龍的招牌，實際上是妓院，裡面都是年老色衰的妓女想在退休前盡可能再撈點錢。只有那種比較罕見的裡面有漂亮女人吸引我目光，或者是櫥窗上掛著設計精良、列有各種按摩服務招牌的沙龍能夠使我駐足，多留意幾眼。自不必說，這個晚上到目前為止沒有任何一家店能讓我看上眼，我估計也遇不到這樣的店了。

你在中國的城市裡沿著任一方向走五分鐘，肯定就會看到某種提供按摩服務的場所。但是隨著我漸漸變得越來越挑剔（並不是那些糟糕的經歷，反倒是那些水準極高的服務提高了我的標準），我可能連續走了好幾個小時，都碰不到一家滿意的店，讓我的直覺認為值得進去一試。有些日子裡，可能接連一無所獲。但無論如何，都是對我有益的。我做按摩的次數越多，收穫的樂趣就越多，而我搜尋的時間越長，做的運動就會越多。在搜尋過這座超級大都市的多數社區，再加上在外地出差時的探索，我的體重已經減輕不少。我現在雖人到中年，但不再有糖尿病前兆症狀，脂肪肝也消除了。多年來頭一次，走在街上會有女人打量我。那些過去我一直追不到的女人現在也向我發來友好的訊號，不過我很難在繁忙的日程裡抽出時間招呼她們。我想去拜訪每座城市的所有按摩店（當然因為新按摩店建立的速度總比我能搜尋到它們的速度快，我無論如何也不能完全達成這個目標）。

對那些好奇我減重方法的人我有一點建議。你不能光靠運動就指望能減重。身體運作機制不是這樣的。運動量越大，你的身體則要求你攝入更多的卡路里來補充消耗的熱量；卡路里的消耗和攝入總是保持在相同水準而相互抵消（這也讓很多人困惑不已，為什麼自己好像永遠無法有效減重）。節食可能有短暫效果幫你贏下幾場戰役，但是與體重這場戰爭你則永遠是輸的那一方，每次都會無情地反彈回原來的體重。那秘訣到底是什麼呢？要破壞這個週期，你需要不斷運動，一直到完全精疲力竭，失去胃口。一兩個小時的行走是不夠的，得走上四個或五個小時。你得一直走，走到你雙腿打顫、快摔倒為止。

在我每天下班後的八個小時裡，我能走上大概20英里，並且中間還穿插幾次按摩。我的目標是每週走上100英里，以此推算我應該能在五年內走過中國城市裡的所有街道。到那時，當然，又會有新設立的按摩店取代我曾經到訪過的店，而我又會開始新一輪搜尋。

回到北京豐台區。我發現了一個新地方，中醫診所，提供傳統的中式按摩，我不是很喜歡這一類的按摩，因為是隔著衣服捏、推、拍，簡直是世界上最沒有情趣的按摩了。但是為了帶動生意，這些地方也可能提供推油按摩，並且他們會強調在穴位處的按摩，這有時會帶來令人滿意的結果：有些穴位位於恥骨，靠近生殖器。另外，在所有提供按摩服務的場所裡，它是最以清心寡欲姿態自居的，這讓我好奇並興奮，因為期盼著出於人類的弱點，他們也許哪天有個什麼疏忽。

這家店採用的是刺眼的、像醫院風格的裝潢，一面牆上掛著一幅人體經絡圖，另一面則掛著裝裱好的醫師們板著面孔的照片以及他們的學歷證明，而那些醫師則身穿工作服站在屋裡。他們對不同的疾病有不同的按摩治療方法。我身體上的每一寸肌膚都需要持續進行按摩，並且只有全身推油按摩才可治癒。冰卉，一個四十多歲來自河北的女人，把我帶到一間裝著鹵素燈的房間裡。對於我把一次性短褲換成毛巾的要求，她並沒有反對。

如果把身體比喻成一幅風景，在有些按摩師看來，那些山峰和丘壑還是遠遠欣賞為妙；而另一些按摩師則急於去探索那片最茂盛的自然景觀。冰卉似乎對這個選擇感到十分為難，不知如何是好，她在我身上左右游離，無從下手。在按摩我腹部的時候，由於指法不穩，毛巾滑了下來，我處於鬆軟狀態下的陰莖露出了龜頭。我想對某些人來說，看到真的烏龜的頭從殼下面伸出來估計也會是同樣令人不快的景象。她手指向我陰莖越靠越近，我都勃起了。但請注意，從頭到尾我都沒有做任何事來慫恿她。

"把你自己蓋好。"她斥責道。

被按摩的人通常是不需要進行任何活動的。"你自己為什麼不能把我蓋上？"

"你自己蓋好。"她重複了一遍，然後自己動手把毛巾放好。

當她把毛巾在我會陰部周圍卷好以按摩大腿根部時，同樣的事情又發生了。她在按摩我一邊大腿內側時，故意摩挲睾丸下方，很快又讓我勃起了。她手法不穩使得毛巾再次滑落，她沒有去抓毛巾，而是繼續沿著我的勃起向上按摩。"你自己蓋好。"她再次重複。

"我不介意。如果你非有意見就動手幫我蓋好。"

她於是又自己動手放好毛巾，並且再一次，在按摩另一邊大腿內側時，刺激我再一次發生了勃起。

"你蓋好。"

"不。"

"你自己蓋好！"她喝道。

"夠了。"我起身，為中斷的按摩付了全額價款，也就160元。很奇怪地，我覺得這錢花得很值得，因為我從沒遇過像她這樣的按摩師，對於我們兩個人來說，這次按摩體驗都是同樣令人生氣與不快的。

我在附近又發現另一類常見的按摩店，盲人按摩。對中國幾百萬的盲人來說，這是唯一的就業機會，是一個巨大的產業。人們素來認為盲人善於按摩，許多人都光顧此類按摩店，同時他們的收費也屬於較低的一類。但現實狀況卻是，盲人按摩師大多數都是不稱職的。並不是說你有很高的觸覺敏銳度，就會擅長按摩。這些可憐的傢伙大多來自農村，對於能找到一份工作自是感恩戴德，但這並不意味著他們真的享受碰觸人的身體。你只有真的享受碰觸人體才能成為一名好的按摩師。很少人享受這一點，我接受過的大多數盲人按摩都是馬虎敷衍、令人失望的。我承認肯定存在某些十分出色的盲人按摩師，但同時他們必須跟許許多多視力正常、享受工作的按摩師競爭。

我現在想進行一次利索的推油按摩。這家店跟前一個診所一樣，假扮成醫院的樣子，但其實只是一間經過改造的公寓，主要的空間裡擺放著可調節的按摩椅供足底按摩用，旁邊的小房間則用以身體按摩。店裡唯一閑著的男店員把我帶到按摩包廂。對於裸身接受男按摩師按摩，我沒有任何意見，即便他們會接觸我的私處，而這在盲人按摩店是時常發生的。在此我得澄清人們一處通常的困惑，我多次強調但總有人仍對此不理解，誰按摩你並不重要，重要的是他/她的按摩技術。我寧願被色老頭，也不要被年輕的美女來挑逗我的情欲，如果前者比後者在技術上更勝一籌的話。當然，在所有條件相同的前提下，我會選擇美女，特別是她對相互刺激也感興趣的話（大多數並不會），但另一方面我需要並渴望各種不同的體驗，習慣了女按摩師後，被一名男性按摩是十分新奇的。

俊義，來自河北農村，有一隻眼睛看不見，在店內行動比較自如。他說服我不用一般的油，而花100塊買一瓶茉莉花香味的油，並表示我可以帶走剩下沒用完的部分。他把油拍在我的背部、臀部，睪丸和大腿處。而他沒有告訴我的是（不確定是因為他濃重的口音我沒聽清還是他壓根就不知道），那並不是按摩油，而是100%茉莉花精油。

"你這是在搞什麼鬼啊！" 我大喊道。 "你瘋了嗎？精油是不能直接塗在身體上的！"

他覺得這個場面挺逗的，捧腹大笑起來。精神比眼睛更有問題，這個俊義有點不對勁。精油不僅會損害皮膚（一般都要用大量底油稀釋後才能使用），用量多的話還是有毒的。我的陰囊開始有灼燒感。我讓他用濕毛巾把精油擦掉，並在我身體上用同等用量的按摩油中和掉剩下的精油。他按摩技術極差，無論我告訴他多少次慢一點，輕一點，都完全不會調整他猛烈的按摩手法。我無奈地只好忍受下去。他讓我翻過身後，把手伸向我的陰莖。如果灼熱感消失了，這沒有什麼，但問題是情況更嚴重了，我的全身如火燒一般，需要儘快洗個澡，逃也似地離開了那家店。

我沿著那條街往回走，約20分鐘後看到一家規模很大的洗浴中心。入場費就要200元（10年前可只收20元的），不過這現在包括一頓豐富的自助餐，並且可以在公共休息室過夜。但讓人討厭的是，以往都是自由出入不聞不問的，現在他們要求你必須用身份證或者護照登記，這也是我不再光顧洗浴中心的原因。

一名身穿旗袍的女服務員懇求我花398塊嘗試專人服務的“奢華”洗浴，並且保證我不會失望的。這挺貴的，並且事情開始發展得有些無法控制了，但是我對於潛在的新體驗總是無法抗拒——畢竟剩下的新鮮體驗已不多了——於是同意了。我跟著她來到一個小隔間，裡頭有一張按摩桌，淋浴設施和一張簾子。

一個身材火辣的女人進來後，脫下了她的比基尼，她叫晨曦，來自黑龍江，長了一對又長又垂的乳房。我臉朝上，在桌子上躺下來，她用水管子幫我沖洗全身。她十分專業，動作像一名職業護士。

“停！”當她開始在我仍有灼熱感的身體上塗抹浴鹽時，我喊到。

然後她在我身上塗抹沐浴露，在肛門區域塗抹得尤其徹底，我勃起了。加了更多浴液，她把我的陰莖放在雙乳間抽插，持續長達10秒鐘。這實在太激烈，再來一兩秒我就會射了。她又塗上牛奶重複了一遍，這次弄得我更接近射的邊

緣，但她確切地知道何時該停止。之後她在我身體上塗抹蜂
蜜（又進行了幾次乳交，每次都讓我接近射的邊緣），最後
到水管旁沖洗身體。擦乾後，她讓我跟她到另一個房間。這
可能又得再花我好幾百塊，我覺得已經見識過該見識的了，
便離開再次上路。

啊，洗浴中心。在80年代裡它們曾經出現在每個街區
裡，那時叫做浴池。當時中國城市家庭裡還沒有熱水，浴池
是專門為洗澡而建立的簡陋狹小設施。洗浴奢華化轉變開始
於90年代，浴池面積擴大了，並採用華麗的裝潢和希臘-羅
馬式塑像，池子鋪的是馬賽克或金色瓷磚，提供戲劇觀賞、
露骨表演、私人聚會包間，各種等級的按摩服務，還有層次
不齊的性工作者混跡其間。但不幸的是，大多數按摩師（雖
然有些時候技藝純熟得出奇）沒有經過良好訓練，服務十分
怠慢。光顧洗浴中心數百次後，新鮮感完全消失，我開始厭
倦了。再說那些以前常去的店都已經被拆了，取而代之的是
稱之為"休閒"或"商務"的巨大娛樂場所。它們和之前的
浴池相比，私密性更好，也更適合家庭消費，但也日漸變得
愈加高端、昂貴，超出了普通人的經濟承受範圍。

"浴"這個字一直作為洗浴的標誌廣泛使用，與霓虹燈
閃爍的單一"足"字一樣，其標誌在遠遠的地方發出召喚的
微光。左邊三點水，右邊是峽谷的穀：意為在峽谷裡用水沖
洗。據說"浴"字本來描繪的是一個在盆裡淋浴的人的形
象。一般公認的是"穀"字的上半邊代表的是流動、噴灑的
水。真是一個極具表現力的漢字，一共十個筆劃，其中七個
代表水，"浴"不僅傳達著水令人著迷的魅力，也指代人們
可以進行洗浴和按摩的場所，而"足"字則代表著另外一種
人們可以一邊泡腳一邊按摩的較小設施。

走出洗浴中心，我瞄到了附近住宅區二樓閃爍的一個小

小的霓虹招牌，提供按摩服務的美容店。住宅區裡的按摩服務一般都還不錯。它們相對不佳的地理位置——你得先繞一大圈找到社區大門，進去後再慢慢找到原先那幢樓——使得它們迫切地希望能使客戶滿意，這樣把客戶群不再局限於居住在社區內上了年紀的女性。

我推開這家店的門，女人們的體香和化妝品的味道撲面而來。對我這個不同尋常外國男客人的到來，沒有人表現出任何詫異。我被帶到一個放有一張按摩桌的房間。進來的女按摩師美豔異常，穿的不是制服，而是一件無袖紗裙。她長著微翹的下巴，臀型有著女性古典美，再加上飽含情欲誘惑的鳳眼，她看上去簡直像天外來物。我好奇這麼美的女人怎麼會委身於此。

我們彼此吸引。我脫衣服時她盯著，我爬上按摩桌，帶著堅硬的勃起。她按摩我的腿，手很快伸向大腿根部和睪丸之間的區域。整個按摩已完全失控。她把我翻過身來時，我拽下她的裙子，露出肩膀和乳房。我們開始深吻。然後她把手指放在嘴上示意我安靜，轉身去把門鎖上，並用按摩桌抵在門後。她脫掉內褲，我們當場用坐姿在瓷磚地板上性交。那感覺十分怪異，一兩分鐘後我們就停止了，發誓要在一個更為舒適的場合再見面（但如果她想很快再見到我就必須穿過大半個北京城來我的住處）。

接下來的時間裡她繼續邊幫我按摩邊閒聊。葉秋子，三十二歲，已婚育有一子，孩子和外婆一起在甘肅蘭州市生活，她現在已經和丈夫分居。她想要幫我射出來，但我控制住了，起身穿衣。我們交換了號碼。她不想收任何額外費用。我向老闆付了180塊按摩費，像任何事都沒發生過一樣。葉秋子沖我眨了眨眼睛，然後消失在裡面的房間裡。她的眨眼帶有驚奇的意味，表明她認為剛才的事不僅有趣，而且有些滑稽。

雖然已經走路走得筋疲力盡，我還不準備就這樣結束今晚。我手裡還有一個上門服務電話，費用200塊。在回家的計程車上，我給一個叫做Teri的按摩師發了短信，她在一家當地英語線上雜誌上貼廣告號稱24小時提供"滿意至極"的服務。她很快就回復了，並且在我到家前就已經出發在路上了。

我很快洗了個澡後，就下樓到社區門口等她。我極其懊惱地立馬認出了她。大概一年前我在網上認識了一個叫做Tina的女人，她在網上貼了一張尋求外國男人約會、言語極其放蕩的廣告。我們在一家酒吧見面。她快四十歲了，有些憔悴削瘦；臉部線條堅硬，眉毛用眉筆修過，但眉毛之間畫得有點太靠近，還一直延伸到鬢角。她穿的簡潔上衣和白色長褲是全身上下唯一不那麼俗氣的東西，但是很明顯，她是個妓女。當我沒有表露任何興趣詢問她價錢時，她開始嘲笑我缺乏男性氣概。幾分鐘後，我們帶著對彼此的蔑視分別了。

現在我又跟Tina見面了，或者叫Teri，又或者該叫婷子，我記得很清楚她的中文名字，覺得跟"釘子"很相像。我無法解釋當時為什麼不當即取消而是選擇任由事情發展。她如果發現自己大老遠白跑一趟肯定會大吵大鬧，即使我幫她付了打車費。她可能不肯走而尾隨我至住處。我不希望事情進一步惡化，就把她帶到了家裡。

"這個你花多少錢買的？"她指著我牆上的中國畫問道。

"一萬。"

"你被坑了。"

"我並不這麼認為。我直接從這幅畫的作者手上買的，是很不錯的畫作。"

"你為什麼花這麼多錢？"

她是那種典型的拒絕使用母語和我說話的中國人，雖然我的中文水準完全沒問題。我後悔告訴她畫的真正價錢了。"我只是想要推油按摩"，我強調道，"其他服務一概不要。200塊外加打車費一共250塊。"

"250？不行！300塊。來回打車費各50。"

"你住哪兒？"

"非常遠。你有按摩油嗎？"

"你沒有帶？"

"為什麼我需要自帶按摩油？"

我在碗裡倒了一些橄欖油。我們進到臥室，我脫了衣服。

"喂！"她說。"你想讓我碰你那兒的話要額外收錢。不穿內褲，我收你400。"

"你都不能按摩我的臀部？"

"400。"

"好吧，400。但是我希望你能完整地按摩我整個身體。"

但這按摩水準實在太差，我都懷疑她是不是從來沒有給人按摩過。她無力的雙手在我背部、臀部和腿部摩挲了幾下，然後讓我轉過身來。

"就這樣？你都還沒按上五分鐘就讓我轉過身來？那接下來一個小時你打算幹什麼？"

"一個小時，你開玩笑吧？你覺得我有那麼多時間？"

一般按摩都是持續一個小時，但我想起來她實際上在廣告裡並沒有注明按摩的時長。是我的疏忽，真是懊惱。事情的苗頭有些不對了。"但是我付你三百塊，至少要按得舒服吧——"

"你說300是什麼意思？我們說好了400的！"

"對，300塊再加100打車費。"

"不是，是400外加打車費！一共500。"

"你說什麼呢？當然我以為你的意思是300塊外加打車費。你現在為一次這麼差勁的按摩要收我400塊，還只按幾分鐘？這是欺詐！"

"欺詐？明明是你騙我！"

"除非你好好按，不然我拒絕再繼續。"

"廁所在哪兒？"

"那兒，廚房旁邊。"我幫她指了指方向。

一分鐘後她帶著從廚房拿的一把刀回來了，架在我的脖子上。

"你這難伺候的客人，我沒時間跟你周旋。從沒人像你這樣騙過我！這是怎麼回事？"她邊說邊在刀鋒旁撥弄我的陰莖。"你為什麼不硬？你還是不是男人？我知道你是哪種人。你讓女人過來給你按摩但是不想付錢。你個小氣鬼。你以為能騙到我嗎？第一次見你的時候我就看出來你小氣了。就是因為你不想付錢所以我沒讓你睡我。這次你又不想付錢。你有這麼多錢就不想花在女人身上。你想要我按摩這玩意兒嗎？"她厭惡地說道，並把我的陰囊掀起放在刀刃上，並將其拉長拽到極限再使其彈回。

"不。我要你離開。"

"告訴你，你現在一共給我400，我馬上離開。我忙著應付其他客人呢，他們比你強多了。"

我穿上褲子走到門廳裡，從錢包裡掏出錢遞給她。她還在用刀指著我。

"能拜託你放下刀離開嗎？"

"怎麼，怕了？"她把刀朝我扔過來。我躲開了，刀掉在地板上。

"快滾，要不然我報警了！"

我把她推出門外時，她一路不停撓我的脖子，抓出了血。

傷口並不深，但是過了好幾分鐘才止住血。包好傷口後，我套上一件T恤下樓確認她沒有在樓外繼續徘徊。不見她蹤影後，我回到屋中。

我打開一瓶紅酒，開始回味今天的歷險記。雖然結局不是很令人滿意，但總的來說，還真是不錯的一天。

家

一次令人無法想像的拜訪中國家庭經歷

"勞駕,這是公車站嗎?" 一名中年白人男子進了一家破敗的汽車修理店,問道。他用英語問店裡的一名年輕男子。修車師傅回敬了莫名其妙的眼神,然後沖裡屋大喊了一聲。一個女孩出現了。

"請問您能否告訴我公交站在哪兒嗎?"

"公交站,沒!" 她揮著手說道。

"沒有公交站?啊,我的天哪。" 他掏出手機撥了一個號碼。"你好,總監先生。我是馬賽厄斯。我遇上了件很離奇的事兒,可能需要您的說明……不,我沒事……我很好,但是我必須很尷尬地承認我迷路了。我好像是在郊區的某個地方,可我也不知道是在東南西北哪個方向。我本來應該被放在一個公車站的,但是這裡只有一條鄉村公路和一些很舊的店鋪……我在電話裡說不清楚。回去後我會向您解釋一切的。您可不可以幫我叫一輛計程車來接我?……噢,謝謝您!……好的,好的。您稍等。"

他把電話遞給店裡的女人,女人用中文說了一下地理位置。一輛計程車馬上到了。回到北京東三環的辦公室裡,馬賽厄斯在總監辦公室坐下。"十分抱歉,給您添麻煩了。我十分羞愧。"

"這麼快就在中國惹麻煩了,拉布先生?" 總監笑道,"一般新來的在前一兩周都相安無事,還在調時差或者適應環境。而你才剛到!好吧,說說看!發生什麼事了?"

"從頭說起？噢，我覺得您不會想聽我那些離婚啊財產分割細節的。但您知道，我希望跟過去徹底告別，準備在中國從頭開始，這也是我接受此次外派的原因。事情開始在我離開德國之前，在一個叫做東方朋友的網站上認識了一個中國女人。在我到中國的頭一天晚上，也就是前天，我們就約好見面。她叫Lily，28歲——沒錯，對我來說有點太年輕了，但是她令人無法抗拒，跟照片上一樣美——是北京人。至少她說她是北京人，不過現在我也不確定了。她英語也非常好。反正當晚她就邀請我第二天去拜訪她父母！我們之間有奇妙的化學反應，我感受到了彼此的吸引，但仍懷疑是這會不會太快了？她說沒問題。"

"她是做什麼的？"

"古董傢俱進出口生意。昨天下午她到我樓下接我。她下車，幫我打開副駕駛的門。噢，我更希望跟你一起坐在後排，我說。她拒絕了，堅持我坐前面。整個過程看上去相當正式，但我以為這是中國人做事的方式。開車的是她哥哥。大概開了足足一個小時，上了高速又下了高速，經過了許多高層住宅區，然後進入到一個四處都是倉庫的地帶，最後到了樹木比較茂盛的地方。一路上她的雙腿都是拘謹地靠在一起，雙手疊放在大腿上，好像對於要把我介紹給她父母，她似乎有些緊張。這讓我也有點緊張了。最後我們在一條碎石路盡頭的大房子門前停下了。"

進門是一個門廳，光水泥地板上擺放著中國傳統的硬木桌椅。Lily告訴馬賽厄斯等一下，然後消失了。一個年輕男人把他趕到一間"客房"。數分鐘後Lily進來了。"我們為你準備好了一張床。"

"不好意思我不是很明白。你是邀請我在這兒過夜嗎？"

"對，如果你願意。"

"但我都還沒見過你父母。"

"你馬上就會見到了。就像在自己家一樣隨便啊。先休息一下，我一會兒回來。"

那個年輕男人又回來了。"十分抱歉，先生，我們希望能為您換一個更好的房間。"

"另一間客房？但這間挺不錯啊。"

"請跟我去另一間客房。"

新房間更為寬敞，放著一張超大雙人床，而不是像之前的房間那樣擺放的是兩張單人床。Lily又回來了，帶著馬賽厄斯來到大客廳，裡面擺滿了更多傳統中國傢俱，地板上還鋪了一張巨大的東方地毯。"哇，"他感歎道，"這些傢俱都是你通過工作原因購買的吧？真是不錯的收藏。這二位是？"

Lily向馬賽厄斯介紹房間裡一對年紀較大的夫婦，周先生和趙女士。

"見到你們真高興！"馬賽厄斯說道，並把帶來的一瓶紅酒作為見面禮送給二位。"你女兒十分可愛，我們認識後這麼快我就有機會認識她的家人，我很激動。"

Lily把他的話翻譯成中文，那對夫婦笑了。

"周先生和趙女士。在中國，父母的姓是不同的？"

"對。"

"有意思。我得說，這是相當進步的。Lily，你們家的傢俱真精緻。但你不覺得有點太多了嗎？我的意思是如果房間裡擺的傢俱少一點，效果會更好。我能看看麼？"

"當然。你覺得這對漂亮的明代椅如何？它們是用紫檀木做的。你聽說過嗎？英文叫做Red Sandalwood。這種木頭來自印度。"

"嗯，真的非常精美。我覺得你說的是烏木吧。"

"噢不，不是烏木，是紫檀木。全世界最貴的木頭。"

"你確定嗎？我覺得這個挺像高端烏木的。對於木頭我還是有些瞭解的。你看這就是烏木緊密又均勻的紋路嘛。我們家也有一些很棒的烏木傢俱，祖傳的。"

"那這張用黃花梨木做的明代羅漢床呢？你聽說過嗎？這種木頭跟紫檀木一樣昂貴。來自越南。"

"噢，這是中國對於胡桃木的稱呼嗎？沒錯，這的確是上好的胡桃木傢俱。"

"噢，不不。你沒聽說過黃花梨木？"

"但我挺有把握這是胡桃木的。"

"你最喜歡哪一件？"

"它們都不錯。但是Lily，你要這麼多傢俱做什麼呢？我知道你是做這個生意的，但是你難道沒有一家店或者倉庫什麼的來放這些傢俱嗎？"

"我收藏它們。"

他們圍著一張清代圓桌坐下，桌旁放有六張配套的木頭凳子，周先生，趙女士，Lily和馬賽厄斯依次坐下。

"你哥哥不跟我們一起吃嗎？"

"不，他讓我替他道歉，他有事來不了。"

"那個帶我看客房的年輕人是誰？你弟弟嗎？"

"對。"

這時Lily弟弟開始從廚房端上來一道又一道熱氣騰騰的菜肴。但他沒有和大家一起用餐。馬賽厄斯覺得這很奇怪，但還是決定不問為妙。他們也沒有打開他帶來的紅酒。那是從德國帶來的上好紅酒，他本來想向大家介紹一下的。但很快他就將之拋在腦後，而為桌上豐富精美的菜肴所驚豔，他們還開了一瓶昂貴的茅臺。

"你喜歡這張桌子嗎？" Lily問道。

"這種木頭，我就不太確定是什麼了。覺得像槐木或者橡木，但是它的紋理比較特別。"

"這叫做雞翅木，因為它的紋路看上去像雞毛而得名。這個木頭是產自中國的。"

"真不錯。你剛才跟我說另外兩件傢俱的木頭來自印度和越南。你們為什麼要用進口木頭來製造中式傢俱呢？為什麼不用值錢的中國木頭，就像這張桌子一樣？"

"中國木頭從前是最好的。但森林濫伐很嚴重，沒多少剩下了。現在最好的木頭必須是進口的。我覺得你就是一個，那個詞兒怎麼說來著，行家？你懂得欣賞最好的東西。"

"Lily，能告訴我你是如何開始從事這一行的嗎？"

"噢，這個就說來話長了。你不會想聽的。"

他們閒聊了一段，直到馬賽厄斯已經有些微醺，菜也都吃完了。Lily帶他參觀了一下後院，那放著更多瓷器和石頭材質、戶外擺設的古典傢俱。過後她安頓他回房休息，這可比他預想的時間早得多。"Lily，我們能再一起喝點細膩的中國紅酒嗎，你們把它叫做什麼來著？現在時間還早呢。"

"噢，不行。你看會兒電視吧。我還有重要的事情要處理。我儘量晚些時候再來看你，好嗎？"

"行，好吧，但是我真的特別希望能有多些時間跟你相處，更好地瞭解你。你會來的，對嗎？"

"是的，我儘量。你現在先休息吧。"

幾個小時過去了。他已經放棄了，關了燈，在失望和煎熬中緩緩睡去。而這時Lily回來了。她在床邊坐下。"抱歉，我來晚了，馬賽厄斯。"

"噢，這是自昨天晚上在餐廳分別後，我第一次跟你單獨相處。你真美，"他邊說著邊用雙手撫摸她的頭髮和乳房，"你今晚留下來陪我好嗎？"

"不行。你第一次來我家，這樣不太好吧，你說呢？"

"嗯，有什麼不好呢？我們都是成年人了，對吧。"

"對我來說，這幾天不太方便。"

"你來例假了？"

她點了點頭。他把她摟得更緊些。她不肯接吻，但是允許他把手伸到衣服下面。她陪他躺了幾分鐘後，在他臉頰上親了一下後就起身離開了。

他們在桌旁等他吃早餐。

"早上好。Lily？"他幾乎沒認出來Lily。

"不。我是Linda。"那女人說道，她有幾分像Lily，但是年紀稍大，看上去更憔悴。她和兩個不認識的男人坐在一起。

"哦，請問你是哪位？應該就是她的雙胞胎姐姐吧？"

"沒錯。"

"她昨天沒有跟我提過你。你們真是一個大家庭啊！這兩位先生是？"到此刻，馬賽厄斯才意識到所有這些家庭成員長得一點也不相像。

"對啊，我們都是一家人。一個大家族。他們是朋友。怎麼樣，你喜歡哪一件？"她指了指身後的傢俱。"Lily告訴我說你喜歡這兩張椅子和那個羅漢床。"

"嗯，對，它們都很精緻。Lily去哪兒了？"

"她下班了。椅子我們賣你五萬歐元。羅漢床八萬歐元。或者你一起買的話十二萬歐元。你覺得怎麼樣？"

"她下班了？你是說她要上班的？她現在在上班呢？"

"不，她下班了。現在我接手。你喜歡哪件傢俱？"

"這我就不明白了。這不是她家嗎？你想賣這些傢俱？

噢不，很抱歉我可沒有意願要買傢俱。"

"我跟你說。這兩種木頭十分珍稀，是紫檀木和黃花梨木。在拍賣時它們能拍出好幾十萬歐元的價錢。但那個價格虛高了。我們在印度和越南有一些特別的管道能拿到這些木頭，並在自己工廠生產。所以我可以用便宜得多的價錢賣給你。"

"噢，謝謝你的提議，"馬賽厄斯笑了，"但我確實沒有買傢俱的需要。你看，在接下來的幾年裡我都會住在中國，我現在的公寓已經都配好傢俱了，什麼都不缺。我沒有空間也沒有需要添置任何傢俱。"

"沒問題。我們可以運送至你在德國的家中。我們有專門的搬運服務。都是專業水準。你看。"她遞過來一疊產地、資格證書和一台刷卡機。

"但我德國家裡也沒有額外空間了。我家已經放滿了許多古董傢俱，那在我們家傳了好幾代了。我家傢俱太多了，我都不知道該怎麼辦好。我不能把它們賣掉，因為那是祖傳的，我的孩子們知道我賣掉後會殺了我的。我相信你肯定可以找到其他感興趣的外國客人的。我也會幫你們留意的，有合適的會告訴Lily。我得說你們的傢俱真的都是品位高雅的。你們有一家專門的店面或商鋪放置這些供出售的傢俱，讓顧客實地看看貨品嗎？"

"你沒有興趣？好吧，這樣，椅子和羅漢床一共十萬歐元。這是我能給的最低價錢了。"

"我覺得這其中肯定有些誤會。我不認為我是被邀請到你們家來消費的。還是說這是中國的風俗，在別人到家裡做客的時候談生意？"

Linda臉上的笑容消失了。跟那兩個男人商量了一陣後，她在一張紙上寫下一個數字然後遞給馬賽厄斯。

"一千？你現在願意一千歐元就賣給我這些傢俱？"

"不！這是你在這兒的花費！"

"這我就不懂了。"

"聽著，"她一件件數道，"在這過夜300歐元，四頓飯一共200，跟Lily上床400。交通費100。"

"跟Lily上床？"

"你以為跟她上床是免費的？在這兒過夜也是免費的啊？"

"但我們並沒有上床。"

"你們當然上床了。昨天晚上Lily去了你的房間。"

"不不不，我們沒有上床。她說她正在來例假。我不明白這到底是怎麼回事。我覺得這很奇怪，我被邀請到一個人家裡做客，但卻需要為此付錢。這中間肯定有什麼誤會。Lily應該能解釋清楚的。"

"我們馬上回來。你在這等著。"Linda跟兩個男人進到裡面的一間屋子中。馬賽厄斯能聽到激烈的討論聲。數分鐘後，他們回來了。"好，我們現在去臥室，你跟我上床。你一共就只需付一千歐元。不用再為Lily付錢了。"

"跟你上床？這，真是太讓我震驚了。我身上根本就沒有歐元。我只有人民幣。"

"可以用你的信用卡。如果你買傢俱的話，我可以扣掉這一千歐元。我仍然可以跟你上床，免費的！"

"不，我很抱歉，但我不能這樣做。這對我來說太瘋狂，太突然了。"

"不買傢俱，你一共付我八千人民幣也行。"

"但我現在真的不想做愛。"

Linda的臉又一沉，寫滿了不快。"你不和我睡？我有什麼問題嗎？好，你現在離開。你付我六千塊。"

　　馬賽厄斯付了錢，如釋重負地上了車，司機是昨天開車的同一個人。他們一直開到樹木較少，到處是破敗房屋的地方。在第一個大的十字路口，司機把車停下。

　　"公車。好吧？" 他指著馬路對面一排東倒西歪的店鋪說道。

讓陽光照進來[5]

一老外有些倉促地，讓中國女孩嘗試了致幻劑

"好可愛！"她指著紙片折角上印著的撲克牌大王形象說道，仿佛一個芭比娃娃在玩紙牌的模樣。"這是什麼呀？"

"大王致幻劑。"

"是什麼？"

"你把它放在舌頭上，會讓你看到平常看不到的東西。"

"看不到的東西？"

"很多不同的顏色。"

"真的？像這樣嗎？"她把紙放在舌頭上，發出一串銀鈴般的笑聲。"別，等等。我本來打算跟你一起嘗試的，比方說這個週末。我原想先讓你多瞭解一下這是什麼。天哪。哎，算了。哦，天啊，現在好了。"他從打孔吸墨紙上又撕下一劑，放在自己舌頭上。"對，就像這樣。"

"它是怎麼讓你看到多種顏色的呢？"

"這是一種毒品。"

"毒品？我不明白。它這麼小。我會死嗎？"

"不，不，你不會死。你會變得很興奮。"

---

[5] 英文原文为"Let the Sunshine In"，取自经典摇滚音乐剧《Hair(长发)》当中的一首歌，这部音乐剧涉及并赞颂了迷幻剂，另外"阳光"一词与迷幻剂的关联还可追溯到Nick Sand(尼克·桑德)制造的一种纯度极高的迷幻剂，名为"橙色阳光"。

"現在嗎？"

"再過一小會。"

晴晴是到新來的美國外教家做客的。開學第二天，他坐在外教辦公室裡，門敞開著，而她從門口經過。過了一會，她從樓道裡探頭進來給了他一個燦爛的笑容。

"噢，你好，Cupcake，請進。" 他說。

"老師，我沒打擾到您吧？"

"沒有，完全沒有。叫我安東尼就好了。"

"你居然記住了我的名字！"

"這樣的英文名怎麼可能忘記呢？你是怎麼選的這個名字？"

她在他旁邊的椅子上坐下。"我想在畢業後開一間杯子蛋糕店。"

"杯子蛋糕店？但你是英語專業的啊。我以為你們都是要成為英語老師的呢。你賣杯子蛋糕能養活自己嗎？"

"我想試試。"

他們在校園附近的一家餐館一起吃了晚飯。安東尼還掌握不好怎麼使筷子。晴晴站在他身後，把手臂放在安東尼的手臂旁邊，向他展示該怎麼做。他能感受到她的胸壓在了他肩上。他只有23歲，剛拿到學士學位並找到第一份全職工作，也剛剛抵達中國不久。他在北京的一所大學裡教英語口語。而她22歲，還有一年才大學畢業。但此刻這些細節對他們來說都是無關緊要的。

"如果你願意，我們可以去我家一起聽聽音樂。" 他說。

"現在嗎？去你家？"

"嗯，也不一定要現在，但現在也行，看你想什麼時候。"

"哇，我能看看你住的地方？"

她還從來沒有在課外跟一個外國人面對面相處過。她也從來沒有拜訪過一個單身男人的家。她甚至從來沒有交過男友，除非榮威也能稱作是"男朋友"。他們在一起做的全部事情就是去年一起在學校周圍散過幾次步而已。她那時不知道該怎麼辦，猶豫不決。之後他們倆在尷尬中分別了。她覺得有些歉疚，決心下次會跟他牽手，但自此之後他就一直回避她。除了那段經歷，她再沒有過男朋友。她在很長時間裡都對此困惑不已。

今晚不一樣。她內心一陣狂喜，身體裡湧動著一股暖流，那是她從未有過的感覺。她曾有過一個女外教，眼睛像西藏的天空一樣湛藍清澈。而安東尼的眼睛則更讓人著迷，淺灰色，像冰一樣乾淨，像鏡子一樣明亮，像海底被照亮的魚一樣透明。他那棕色的卷髮像一隻巧克力做的貓一樣蹦跳顫動著，胸毛散發著草的香氣，而破洞牛仔褲透出的皮膚像陽光一樣散發著光芒。她在辦公室的時候就有衝動去抓他的手，也的確在教他使用筷子的時候這麼做了。

安東尼的內心同樣也是狂喜的。晴晴的眼睛像黑兔身上的毛髮一樣柔軟，皮膚像香蕉奶昔一樣有光澤，而她的乳房像一對泰迪熊一樣豐滿，那乳房是如此地大，他覺得每次盯著那看，它們似乎又變大了一些；如此地大，它們似乎擁有了獨立的生命，仿佛她是在胸口揣著一袋子活蹦亂跳的魚兒；如此地大，使得他很驚訝為什麼晴晴自己不感到震驚反而一副渾然不覺的樣子；如此地大，可能會嚇跑大多數男生，但不包括安東尼，他對乳房大小是沒有上限的。她是如此令人意亂情迷，像是一個無法想像的夢就在眼前變成了現實。

當他用手臂摟著她時，她撅起了嘴。而他去牽她的手時，她把他推開了。

"怎麼了？"

她起身走到窗戶旁，背對著他。"你知道嗎，你所做的一切都很嚴重。"

"你是說致幻劑嗎？"

"我是你的學生，但你剛才牽了我的手。要花好幾個星期，女生才會讓男生牽她手的。你是我的**老師**。我尊重你。我們不能這樣。"

"對不起，Cupcake。我只是在如實表達我對你的感覺。我真的喜歡你。"

她又回到沙發，臉紅著在他旁邊坐下，但是姿勢十分僵硬。她不知道自己還能撐多久。當他再次拉起她的手時，她也握住了他的手。他小心翼翼地用手臂環住她的肩，手指停留在她的胸上。她響亮地打了他的手一巴掌。這樣來來回回幾次，每次她打巴掌的力氣都變得小了一些，直到他被允許用指尖像小鳥扇動翅膀一樣在她乳溝周圍揉捏。

"我們即將要一起踏上一次興奮不已的旅行，我們得換個更舒服的姿勢。"他說著，把她從沙發拉到地板上，讓她坐在他雙腿間。"這對你來說是完全新鮮的體驗，我就在你身後，一直在這兒指引你。"

由於豐乳肥臀的緣故，她在他手臂裡感覺自己像一尊佛像。而此時在他看來，她的確似乎相當豐腴，如果說是那種迷人的胖的話，像是神話裡的女性頭顱嫁接在了動物的身體上。他把手伸進她的上衣裡，解開了她的胸罩。"怎麼樣，這樣不是舒服多了嗎？"

她身體裡開始同時散發著欲望和恐懼的荷爾蒙。腎上腺素伴隨著持續轟炸著的綠日樂隊的音樂不斷飆升，他覺得自己能聞到旋律的味道。她的頭髮聞起來像是穀倉，雖然這味道本身並不讓人覺得愉快。"你的心跳很快。你害怕嗎？"

她臉紅了，很小聲地對他耳語，他幾乎都聽不清楚："我害羞。"

"你什麼？"

"我以前從來沒有這樣被撫摸過。我是處女。如果我懷孕了，你知道的，那會是個災難的。"

"別擔心，我們並不一定要做愛的。我只是希望你能覺得自在和放鬆。"他拉了拉她的胸罩。"把這個礙事的傢伙摘掉好不好。它真是醜陋的武裝。"不太情願地，她穿著上衣從裡面脫掉了胸罩。"你真美。我不明白為什麼你從來沒交過男朋友。如果你在美國的話，大學裡所有男生都會追著你跑的。從來沒有人跟你搭訕套近乎嗎？"

"我覺得暈。"

"你開始進入狀態了？我也開始了。"

"牆壁都在呼吸。"

"沒錯，你在進入狀態。視覺上你開始看到什麼東西了嗎？"

"為什麼我覺得暈啊？"

"跟著我呼吸，一切就都會融為一體地跟著呼吸。跟上這個律動。假裝你現在漂浮在一片神奇的、五顏六色的大海上。"

他從後面把她抱得更緊了，最後終於把手放在了她裸露的乳房上，她那雄偉的乳房。直到他發現她的乳房是多麼地沒有形狀，像是放了氣的氣球一樣平鋪到了肚臍，並且在衣服下沾著汗水變得黏糊糊。她放鬆地往後靠在他懷裡，頭倚在他肩上，但她現在沒有心情接吻。

致幻劑一開始的效果一般來說是令人愉快的，即便是在不太理想的狀況下——例如糟糕的心情，錯誤的地點和人，劑量過大。那效果跟印度大麻帶來的興奮感相似，但是電力更足，效力更集中。你甚至都不會覺得那是服用了毒品的效果，只是意識到自身處於更好的思想狀態下而已。可能會出現知覺扭曲的狀況，但是十分輕微，那感覺是脫離自身之外的，仿佛在參加一場表演。你仍然可以完全順利地進行日常活動。如果說有什麼不同的話，只會是你做事時感覺更好了，處於一種被致幻劑注入能量的思想狀態裡。

而當致幻劑的藥效逐漸加強和擴散時，視覺扭曲的效果也會逐漸加強，並且還伴隨著同樣激烈的性情和情緒變化。你看到的不再僅僅是變換了位置的物體，而可能是根本不存在的東西，也就是出現了真實的幻覺。時間不是感覺變快或變慢了，而是整個分崩離析，斷裂散落。你感受的也不僅僅是快樂或者憂慮，而是同時（前提是“時間”仍然像正常世界裡一樣運轉）被既強烈又新奇的各種情緒所佔據。由安東尼掌舵，晴晴被捆在桅杆上，這次在神奇大海上的航行像施了魔咒、奇跡般地進行得挺順利。直到事情開始變得混亂。

＊

某個時刻晴晴起來去上廁所。她待在洗手間的時間好像長得有些不同尋常。他聽到她把弄洗手間門的聲音，不停地打開又關上。但他記憶裡那扇門好像沒有什麼問題，於是起身去看究竟是怎麼回事。“你還好嗎？”他問道。

“我沒辦法從洗手間出來。”

“但你就在洗手間外面啊。”

“不，我被困在了洗手間裡。”

“Cupcake，你現在就站在洗手間外面。”

“幫我從洗手間出去。這門壞了。”

　　"你已經在外面了，我怎麼幫你呢？行了，咱們回到客廳吧。你上完廁所了嗎？"

　　"不，我在洗手間裡，出不去。"她抓著門不肯挪動。

　　"好吧，那我們試試這樣。"他把她推進洗手間。"我們現在一起離開洗手間吧。看見了嗎，這門很容易就打開了。"他帶她走出洗手間。"不！我們不能離開，"她充滿恐懼地說，"這門壞了。"

　　"門沒壞。看見了嗎，你現在已經在外面了。我們現在正站在門廳裡。"就這樣他總算帶她離開了洗手間。他們在客廳的地板上坐下。

　　不久他又聽到洗手間門開開關關的聲音。他無法確定是同樣的事情再次上演了，還是時間穿越回了剛才，但她不知怎地從他手臂裡逃脫了並回到了洗手間，而他都沒注意到。第三種可能是這其實是她第一次去上洗手間，而剛才的一幕才是她第二次去，或者第三次去。無論如何，洗手間的事情沒有解決，她是不肯安心待在客廳的。他起身去看。

　　"別進去！有人在裡面，"她說，"我沒辦法用廁所。"

　　"Cupcake，你就在洗手間裡。在洗手間裡的人是你。我也跟你一樣在洗手間裡。"

　　"噢，我的天。"

　　"我們一起沖個澡吧。"他打開浴缸的開關。水花像爆炸一樣傾瀉下來，他不得不把水關上；再過一秒鐘，整棟樓都可能在他們身邊坍塌的。"好吧，還是待會吧。我們回客廳去。"

　　"不，我還沒用完廁所。"

　　"你要尿尿嗎？"

　　"別離開我。"

"我不會的。"

"你在這兒我沒辦法尿尿。"

"那我先出去。"

"不要。"

"我轉過身去。你假裝我不在這兒。"

"我尿不出來。"

他走出來，輕輕地合上門。回到客廳後，他注意到電腦停止播放音樂，這很奇怪，因為他仍然能聽到旋律的全方位轟炸。同時，洗手間的門又開始開開合合。同樣地，他不知道這是第二次，第三次或是第四次聽到她折騰門的聲音，不過他很確定這不是第一次了。實際上關於正在發生的事情可以有多個版本。她可能站在門旁，跪在門旁，在洗手間裡，在洗手間外，或者和他一起坐在客廳裡；她可能處於穿戴整齊到一絲不掛之間的任一狀態裡。安東尼沒辦法弄明白他自己到底是正站在她面前看著她，還是在考慮要不要去看她一眼，或者只是在回憶他看著她的樣子。

斷裂的空間和脫節的時間把各種版本的洗手間情節割裂、重組，這並不像醉酒或者麻醉狀態下，知覺漸強漸弱引起的感受。實際上，知覺完全沒有受到影響，只不過對各個事件的邏輯排序能力被打亂了。時間變得更為完善和銳利，演化成一種更複雜和高級的所謂"線性"時間。它可以像玩具或者皮鞭一樣，被彎曲、把兩頭連在一起；它可以顫抖和扭動；它可以快速地把自己組織成一個精心設計的構造。他看見自己在外面經歷著晴晴在裡面經歷著的一切。"我們被困在一種分形結構裡了，"他告訴她，"我們倆都是。"

*

　　安東尼掏出手機給美國的一個朋友發短信。"嗨，傑夫，我出國前從你那兒拿的致幻劑跟我們以前用過的不一樣嗎？你說過這貨很好，但它藥勁太足了，我現在陷入了一個很操蛋的狀況。"

　　"大王致幻劑。哦對，它的濃度有270毫克，我以為你知道呢。"

　　"那是有多大的藥效？"

　　"一般的劑量大概是50到100。而這是歐斯裡·史坦萊劑量。"

　　"什麼意思？"

　　"這是向60年代偉大的致幻劑化學家歐斯裡致敬的說法。270應該是體驗全效致幻劑的最小劑量。"

　　"最小劑量？！！！我感覺簡直像全效的二次方那麼強。好吧，謝謝。"

　　"你還好？"

　　"不。"

　　"你能克服，走出來嗎？"

　　"我儘量。"

　　走出藥勁的影響意味著他在接下來的時間裡一邊在客廳裡用手機打字，一邊要照顧蜷縮在門廳地板上的晴晴。更準確地說，他是一邊在觀察著自己在客廳裡用手機打字，同時在觀察著自己跟晴晴待在門廳裡。這兩件事中有一件是真的，另一個是回憶，但是到底哪件是真，哪件發生得更早，他無從知曉：這兩件事都同樣清晰地發生著，並顯然是同時進行的。當然，他已經在客廳和門廳之間來來回回跑了無數次去照看晴晴，所以這一切都是徒勞。唯一的不同是她現在赤裸著身體。他打開了門，發現他們倆都在洗手間的地板上，她的衣服散落在各處。

他意識到，某些困惑可以歸咎於現在整個公寓都縮成了洗手間大小。事實上，如果他把腿伸出洗手間，他可以輕鬆地一直伸到客廳裡，然而在正常情況下，他根本就看不到客廳；他必須在門廳走幾步然後右轉才行。公寓變成可以伸縮的，並且卷了起來，使得客廳出現在視線範圍內，而他可以把腿伸出去延伸到客廳的盡頭，而身體的其餘部分還留在洗手間內。

*

"先把你的衣服收起來，別尿在上面了。"他把衣服都丟進浴缸裡。"好了，來，把你弄到馬桶上尿尿吧。"

她流了很多汗所以身體有些滑，而且很重。他從後面抓住她的手臂，一隻腳抵住浴缸，另一隻腳抵住門廳盡頭的公寓大門，他試著架起她，但她的雙臂從他手中滑了下去，他又試著摟著她的腰舉起她，但還是太滑，她整個人滑下去了。她似乎完全無法動彈。當他終於成功將她舉到可以坐在馬桶上的高度時，他發現馬桶離他特別遠，看起來只有茶杯大小。他擔心自己完全把握不好馬桶的位置，為了更好用力把一隻腳放進浴缸裡，另一隻腳仍抵住公寓門，終於能將她在馬桶上放好、調整好了坐姿。這樣一來，她放鬆下來，尿了尿。

*

他已經認不出她了，女孩的臉變成了兔子，她緊緊抓著馬桶。難以置信地，整間洗手間都被她的尿液覆蓋。她在用雙手把尿液掃進下水道。

　　"一切都在融化。地板在融化。我不想摔下去。到處都是油漆，濕嗒嗒的油漆。油漆在你臉上流了下來。看，還有我的手上。你看這些在地板上移動的那麼多顏色哪。"

*

　　他們一起坐在客廳地板上，馬桶旁邊，他的雙手抱住她的腰。可能是這樣，也可能她仍然在洗手間裡。不管怎樣，客廳和門廳已經塌陷，和洗手間融為了一體，所以他們已經沒有其他地方可以去。

*

　　"安東尼！"他發現她跪在地上，拍打著洗手間地板上那一灘穢物。"我看不見自己了。"

*

　　安東尼把她扶了起來。"我就在這兒，在你身邊呢，Cupcake。"

*

　　"我要被沖到下水道去了！"

*

　　"我扶著你呢。"

*

"救命！"

吻痕

女人用嘴巴在男人身上刺青需要付出的代價

角色：

安東尼，一名年輕的美國外教

晴晴：**安東尼**的學生，英語專業大四生

地點：

中國北京一所大學的外教公寓

　　小劇場裡，觀眾圍著圍裙狀舞臺（舞臺前端有突出部分）而坐。舞臺前方中央放著一張大號雙人床墊，寢具齊備但是沒有床架，床頭挨著舞臺後方。舞臺後方的對面是浴室門，浴室位於衛生間外面；當衛生間門開著時，觀眾只能看到門廳。

　　安東尼和晴晴在床上擁抱和接吻；他赤裸著身體而她穿著衣服。在整個表演期間，"液態燈光秀"的迷幻圖片（用染料塗在顯微鏡片上製作而成）打在兩人身體上。劇場需要維持絕對安靜，以便觀眾能聽清兩人的低語（如必要，關閉通風設備）。

　　對話不是快速、連續進行的，而是不斷穿插著多處停頓，兩人談話和親熱交替進行。安東尼溫柔地試圖脫掉晴晴的衣服，在表演過程中晴晴的衣服一件件脫掉，最後赤裸身體。

安東尼：Cupcake，我之前都見過你的裸體了。你現在為什麼不能把衣服脫了呢？

晴　晴：我在這張床上不舒服。

安東尼：怎麼了？

晴　晴：這床不行。

安東尼：什麼意思？你是說床是直接放在地板上的嗎？

晴　晴：嗯。

安東尼：但這樣更好啊。你會覺得更接地氣。在美國，所有我認識的人都是這樣睡覺的。我們就在地板上直接放蒲團[6]，像日本人那樣。

晴　晴：我不喜歡。

安東尼：你只是還不習慣。一旦習慣了，你就再也不想睡那種正常的床了。

晴　晴：床單拖到地板上了，髒。

安東尼：床單不髒。地板是乾淨的。

晴　晴：這床的其他部分去哪兒了？

安東尼：我把它拆了。把床墊借給了一個朋友。他說這兒的床架做得特別劣質，有一次他在上面做愛的時候，床塌了，床墊也壞了。

晴　晴：床墊壞了？

安東尼：對。底部的床墊只不過就是一個木頭盒子，沒有彈簧。我的也是這樣。

晴　晴：他住在哪兒？

安東尼：就在我隔壁。同一層。

晴　晴：把床組裝回來。

---

[6] 蒲團外观同床垫相类似，但是填充物不包含弹簧，而是棉花或荞麦等松软物质，在西方家庭常见直接放置在地板上，而不使用床架。

安東尼：什麼？

晴　晴：把床墊從他那兒要回來。把床重新組裝好，不然我不會脫衣服的。

安東尼：噢，上帝啊。拜託，Cupcake，我不能那樣做。這床怎麼了？很舒服的。並且肯定不會壞掉。來嘛，吻我。

晴　晴：不。

安東尼：為什麼？

晴　晴：我不會像動物一樣睡在地板上的。

安東尼：得，好！我們去另一個房間，看電視吧。

晴　晴：（咯咯笑）不。把床組裝好。

安東尼：讓我先把你拆了，然後再去討論把床裝好的事兒。

晴　晴：會疼嗎？

安東尼：可能有一點兒吧。但我們可以慢慢來。

晴　晴：你有過多少個女朋友？

安東尼：有一些吧。

晴　晴：到底是多少個？

安東尼：我記不清了。

晴　晴：告訴我。

安東尼：我現在不想討論這個。

晴　晴：不，告訴我！我想知道。

安東尼：搞不好你會逃走的。

晴　晴：如果你不告訴我，我會逃走的。

安東尼：大概五個。

晴　晴：我不信。肯定更多。跟我說說她們都是什麼樣的人。

安東尼：現在嗎？我們一晚上都說不完的。我想要吻你。

晴　晴：你把那些女孩兒的事都告訴我了，就可以吻我。
　　　所有的事。

安東尼：那好吧。我失去童貞，或者說基本上失去童貞是
　　　在我剛滿十八歲的時候，那是跟——

晴　晴：這麼小！

安東尼：一個變裝癖。

晴　晴：什麼東西？

安東尼：我在網上認識了一個女的，比我大，但很性感。
　　　她把衣服脫了後，長著陰莖。但她之前真的讓我信以為
　　　真她是個女人。那是非常糟糕的經歷。

晴　晴：天哪！

安東尼：接下來是——

晴　晴：不！我不會摸你那兒的。你髒。

安東尼：我今天早上洗了澡的。我不髒。你想讓我再洗個
　　　澡嗎？

晴　晴：嗯。

安東尼：好，我們一起洗吧。

晴　晴：不。

安東尼：為什麼？

晴　晴：女生和女生可以一起洗。男生和女生不可以。

安東尼：一起洗澡很奇妙的。這是很**自然**的事情。

晴　晴：不。

安東尼：好吧，那我先洗，然後你再洗。

晴　晴：不。

安東尼：又怎麼了？

晴　晴：你的浴室髒。而且我需要用我自己的肥皂和洗髮
　　　水。

安東尼：不髒。

晴　　晴：我不想再走進洗手間了，在發生過那樣的事之後。

安東尼：那如果我現在自己去洗個澡，你會願意跟我一塊兒把衣服脫了嗎？

晴　　晴：你去洗澡，就是想和我做愛。

安東尼：噢，操。是的，我想和你做愛。這有什麼不對嗎？

晴　　晴：你不愛我。

安東尼：我愛。嗯，我的意思是，我還不是很瞭解你，但是我已經為你墜入愛河了。

晴　　晴：這不一樣。我不能跟一個不愛我的人上床。

安東尼：好吧，我愛你。

晴　　晴：如果你真的愛我，你早就會告訴我了。不用我先問。

安東尼：Cupcake，你在折磨我，我真的非常想和你做愛。

晴　　晴：看吧？你現在表露你的真實想法了。僅僅是情欲而已。

安東尼：如果我對你沒有強烈的欲望，那就不是愛。你難道想跟一個成天只想和你下棋或打麻將的男人在一起嗎？你覺得那樣的愛是"真愛"？沒准他都無法勃起呢。那才是他為什麼只想下棋的原因——在回避遲早要發生的事情。這是為什麼他想婚後再發生性關係，到新婚之夜你才發現他性無能，但一切都太晚了。

晴　　晴：反正在我洗澡之前，我不會脫衣服的。

安東尼：那我們就一起去洗澡。

晴　　晴：我不能在這兒洗。

安東尼：那我們該怎麼辦？

晴　　晴：我不知道。

安東尼：那你回宿舍去洗個澡然後馬上回來怎麼樣？

晴　晴：不。那時我就沒有心情了。

安東尼：你現在有心情？

晴　晴：（咯咯笑）我只想和你這樣躺在這兒。我沒說你
　　　　不能抱我呀。

安東尼：好，這樣，現在好多了。噢，你真美。

晴　晴：你在對我做什麼？

安東尼：我愛你。

晴　晴：真的嗎？

安東尼：我們可以慢慢來。你只要這樣坐在我身上，然後
　　　　身體滑向我。你覺得準備好了，就可以讓我進去。

晴　晴：嗷！疼。

安東尼：放鬆，慢慢來。我喜歡你這樣在我上面。

晴　晴：嗷！進去了嗎？

安東尼：只進去了一點點。

晴　晴：嗷！太疼了。我想停下來。

安東尼：噢，不。這感覺簡直太好了。

晴　晴：我們可以下個月再嘗試。

安東尼：下個月！

晴　晴：你已經把我撕開了。我要花上好幾周才能重新覺
　　　　得舒服的。

安東尼：我幾乎沒有進入你！乖，寶貝，到我上面來。再
　　　　嘗試一下下。

晴　晴：我已經不是處女了嗎？

安東尼：不，完全不是了。

晴　晴：我會疼死的。太可怕了。你不明白。

安東尼：求你了。

晴　晴：嗷！噢，不。

安東尼：嗯，對，現在好些了。

晴　晴：上帝。

安東尼：你感覺怎麼樣？

晴　晴：疼。但比剛才好些了。

安東尼：我再進去一些。

晴　晴：我還是處女嗎？

安東尼：半個處女。

晴　晴：你還愛我嗎？

安東尼：愛。

晴　晴：這會是你最後一次這麼說的。你會在此之後馬上
　　　　拋棄我的。

安東尼：我當然不會了。

晴　晴：不，你會的。

安東尼：讓我吻你，來告訴你我有多愛你。

晴　晴：噢，我覺得有血。

安東尼：床上有血。

（*晴晴起身向洗手間跑去，留下一串血跡。（如果女演員不
是處女，就用經血或假血做道具。）幾分鐘後，她發出深
深、長長的呻吟。安東尼跑進洗手間。*）

安東尼：（*在後臺*）怎麼了？你還好嗎？跟我說話！我沒
　　　　想到會流這麼多血。跟我說話！

晴　晴：（*咯咯笑著，圍著條浴巾，和安東尼一起回到臺
　　　　上。他們重新回到床上*）你以為我要死了。現在我知道
　　　　你愛我了。

安東尼：你在耍我呢。

晴　晴：（*把床單上的血搓掉*）你真的愛我嗎？

安東尼：對，我剛才告訴你了。

晴　晴：你不會拋棄我？

安東尼：不會，我不會拋棄你。

晴　晴：你會的。

安東尼：我不會的。Cupcake，你不需要把血都弄乾淨。我可以待會洗床單。

晴　晴：我知道你會的。

安東尼：別搓床單了，跟我一起躺著。

晴　晴：你得跟我保證你不會拋棄我。

安東尼：你能消停會兒嗎？

晴　晴：你是個外國人。你只要厭倦我了就可以隨時離開中國。

安東尼：（*抓過浴巾並把它丟到房間的另一邊*）要是你再這樣的話，我就會拋棄你，真見鬼！

晴　晴：（*轉過身背對他*）哼！

安東尼：對不起。我不是故意對你大聲的。

晴　晴：現在我真的知道你會離開我了。

安東尼：噢上帝啊。你能不能冷靜一下。過來，躺在我旁邊。

晴　晴：你會娶我嗎？

安東尼：什麼？娶你？現在？我們不能現在結婚。

晴　晴：（*咯咯笑*）我嚇到你了。

安東尼：沒錯。重新坐到我身上來。

晴　晴：不。

安東尼：為什麼？

晴　晴：疼。

安東尼：我還沒結束呢。幫我結束。

晴　晴：像這樣？

安東尼：（*引導她的手愛撫陰莖*）對。

（*他射了。她用手指擦拭著精液，打量著。然後她又檢查了
自己的陰部。她再次跑向洗手間。安東尼從地上拾起浴巾把
自己擦乾淨。突然他望向臥室的門，仿佛在傾聽什麼。他走
到門邊，伸頭偷瞥著洗手間，當晴晴回來時，他把頭收了回
來。*）

安東尼：你還在流血嗎？

晴　晴：一點點。

安東尼：你剛才洗手了嗎？

晴　晴：洗了。

安東尼：你應該洗洗你的陰道。你剛才用手指摸過那兒。

晴　晴：我用廁紙擦過了。我還不想洗那兒。還在流血。

安東尼：你可能把自己弄懷孕的。

晴　晴：沒事。我沒有把手指放到裡面去。

安東尼：你知道麼，精子會遊進去，並想辦法找到你的卵
　　　　子的。

晴　晴：真的？不，這不可能發生的。

安東尼：去洗一下，保險起見。我不想為此擔心。

晴　晴：我不想在你的浴室洗。

安東尼：但這很危險。

晴　晴：不危險。

安東尼：你怎麼這麼粗心大意呢。你去洗臉池旁接點水洗
　　　　一下。

晴　晴：你應該信任我，安東尼。

安東尼：（*抓過浴巾*）跟我來洗手間，我幫你洗掉。

晴　晴：不。我不想用那個浴巾。髒。

安東尼：（*站在她旁邊俯視她，顫抖著*）Cupcake，你現在
　　　　必須洗一下！

晴　晴：好吧，好吧。我自己來。我知道怎麼洗。我不需
　　　　要你的幫忙。

（*她進到洗手間，安東尼也跟了進去。觀眾聽到他們在台下
說話。很快她回來了，歡快地牽著他的手。她把他推倒在床
上，並用雙腿纏繞著他，大笑著。*）

安東尼：（*掙脫開來*）不，Cupcake，你會把我又弄硬的。

晴　晴：你還在生我的氣嗎？

安東尼：沒有。

晴　晴：那讓我親親你。我吻過的每一寸身體都屬於我。

（*她在他臉上親了幾下，然後順著脖子一直吻下去，在某個
點她開始吸吮並發出笑聲。*）

安東尼：（*笑著，把她的頭推開*）噢，不要這樣。你不能
　　　　給我製造吻痕。

晴　晴：為什麼？這會在課堂上看起來很可愛的。

安東尼：我不喜歡吻痕。

晴　晴：求求你。就一個。

安東尼：不。

晴　晴：讓我弄一個嘛，我就不會再煩你了。

安東尼：不，一個也不行。

晴　晴：（*嘴唇靠在他的臉頰*）在過去的兩天裡我把這麼
　　　　多都給你了。你欠我一個吻痕。

安東尼：（*用手肘把她的臉從自己的脖子處推開*）除了吻

痕，什麼都行。我沒辦法接受吻痕這個東西。

晴　　晴：（*又開始親吻他的脖子*）你為什麼這麼固執呢？
　　　　這只是個小玩意。

安東尼：（*把脖子移開*）Cupcake，不行！

晴　　晴：（*張嘴露出牙齒*）我之前沒告訴你，我其實是吸
　　　　血鬼。

安東尼：對，我就怕這個。（*她用嘴咬著他脖子吸吮著*）
　　　　不！別這樣！

（*兩個人都震驚得坐起身來。安東尼對晴晴揮了一拳，那一
拳把晴晴捧下了床和舞臺到了觀眾席上，第一排的觀眾接住
她（演員可以為此喬裝成觀眾坐在第一排。）*）

安東尼：噢，我的天呐，我都做了什麼！

（*燈滅*）

重啟

一台性機器人需要送修

角色:

大衛斯

羅　斯

達依娜

客服1

客服2

時間和地點:

未來,中國北京,2064年

　　圓形的**舞臺**被斜坡式的牆壁包圍,代表未來感的居住空間,觀眾在高處圍繞舞臺而坐。舞臺和觀眾席合起來形成一個碗狀的露天劇場。超大號床墊(或蒲團)嵌入舞臺地板(使得床墊上緣與舞臺齊平或更低),床頭倚著傾斜的牆壁,可以放一隻大枕頭讓在床上的人舒適地靠在牆上。除了床以及對面嵌入式的門道,極簡主義的房間沒有裝潢也沒有傢俱。

　　大衛斯是個四十多歲的英俊壯碩白人。**羅斯**和**達伊娜**則是一對十分漂亮的東亞裔年輕女子。兩名演員應同樣美麗和豐滿,但擁有不同的臉部、身體特徵以及不同的髮型以便觀眾予以清楚區分(劇本中的身體參數可以按照演員的實際情況予以調整);此外她們還應接受大量激烈的體能訓練。為使兩名女演員之間的體能消耗比較平均，兩人可以隔天交換角色表演（這樣也可吸引觀眾第二次前來觀看表演）。

　　扮演**客服**的兩名演員在舞臺下進行表演，以懸掛在舞臺半空的全息影像形式出現，影像正對著床但是無論從哪個角度觀眾都可以看到。**客服1**是一名漂亮的白人女性；**客服2**是一名年紀較大的白人男性。兩名客服均身穿灰色中山裝，胸前別著公司標識。

　　以幾乎不能被察覺的緩慢速度，圓形舞臺由靜音發動機或者底下的旋轉裝置帶動順時針旋轉。演出結束後剛好完成一圈（演員們可據此把握表演節奏）。可以選擇在兩幕劇之間設置中場休息，同時暫停旋轉。

第一幕

（床上，**大衛斯**躺在**羅斯**和**達依娜**兩人中間，頭枕在**達依娜**胸部上。他正在同**羅斯**分享一根大麻。三人在整場演出過程中都赤裸著身體。）

大衛斯：跟我解釋為什麼上帝有可能是由氧，碳，氫和氮組成的。

羅　斯："荷瑞修，天堂和人間所擁有的，比你的哲學所能夢想到的要多得多。[7]"

大衛斯：噢，以名句來回答問題。

羅　斯：讓我為你逐一解讀。"荷瑞修——"

大衛斯："天堂和人間所擁有的……"沒錯。你承認天堂

---

[7] 此句出自《哈姆雷特》第一幕第五場。

　　　是存在的。

羅　斯：我沒有。

大衛斯：天堂和人間。你承認了除人間之外還有一個精神
　　　領域的存在。

羅　斯：那是你的混淆，而不是這句名言的問題。天堂和
　　　人間是同一個東西。是固定搭配，重複冗言法。

大衛斯：什麼東西？

羅　斯：用兩個詞來描述同一個事物。"天和地"是指代
　　　"所有事物"的另外一種說法啊。宇宙，寰宇，天下。
　　　包括了人間以及人類。

大衛斯：沒錯，物質範疇和精神範疇被看作一個整體。

羅　斯：你又在將沒有分別的事物區分開來了。你是在把
　　　一頭驢扔在盤子裡，切下一片肉，然後說這片肉同餘下
　　　的有所不同，而它們實際是等同的。物質和精神本就是
　　　一體的。

大衛斯：那麼，那個我們一般稱作"天國"的玩意兒又到
　　　底是什麼呢？

羅　斯：天堂。是對外太空的俗稱。

大衛斯：那是上帝居住的地方。這是這個詞存在的原因。
　　　天國，精神。

羅　斯：上帝居住在外太空。

大衛斯：噢，是嗎？具體是哪兒呢？他擁有自己的星球
　　　嗎？

羅　斯：乙太[8]，當然。

大衛斯：乙太？

---

[8]　以太（ aether 或 ether），或译乙太，光乙太，是柏拉图和亚里斯
多德所设想的一种物质，为五元素之一。古代和中世纪科学曾认为以太存
在于大气层之外的宇宙中。

羅　斯：暗能量，量子能。

大衛斯：那你的意思是上帝單純是個物理現象，一個萬能
　　　工具。這不對。這在語義上是矛盾的。

羅　斯：只是在你看來是矛盾的。你認為是矛盾的東西其
　　　實只是你思想中的一個盲點，一處邏輯斷裂。這處斷裂
　　　像把刀一樣把你的邏輯割裂開來。你從本無矛盾的事物
　　　中看到了矛盾。你在把那頭驢割裂成兩份然後說"哇，
　　　我製造了兩塊餡餅耶！"你在本沒有問題的場合製造了
　　　問題。

大衛斯：能量是物理。僅此而已。達依娜？（*達依娜從床
　　　尾坐起來，開始按摩大衛斯的腿。*）我要你再次向我解
　　　釋為什麼上帝可以完全是由原子和分子構成的。

羅　斯：能量就是精神。物理就是精神。沒有比這更具有
　　　邏輯性的了。而阻止你認識到如此顯而易見的事實的，
　　　是你的局限性。你的邊界。你的邊界值很高。我想要幫
　　　助你拆掉那些邊界，提高你的智力。

大衛斯：我知道，我知道。智力是做減法。奧卡姆剃刀。
　　　局限性的破除。

羅　斯：簡單起見，我們先別考慮天堂了。物質和精神的
　　　問題需要單獨予以審視。來，試著想像一下精神。告訴
　　　我它是由什麼組成的，它是否缺乏物質屬性。它是什
　　　麼？真空？光？不可能的，你做不到不談物質而描述
　　　它。

大衛斯：那是另一個維度，另一種存在。我們當然無法將
　　　其具象化。

羅　斯：科學上已經存在許多假定的維度，而我們對此一
　　　無所知。我們甚至對自身所處的這個維度都不瞭解。即
　　　便科學家最終能夠識別出暗物質的構成，他們也仍然不

理解它是怎樣運作和相互聯繫的。我們不理解宇宙。親
愛的——（*對著達依娜*）按底部，陰莖的底部。用你的
大拇指和指尖，不是用你的手掌。機器人哪。你怎麼能
忍受不能呼吸的物體呢？

大衛斯：按摩陰莖底部，達依娜，用你的拇指和食指。
　　　　　噢，我不要了。

羅　　斯：（*站起來，把大麻遞給離她最近的觀眾，並面對
　　　　　他們說*）這是很高級的新疆貨。有人說這裡面掺了二甲
　　　　　基色胺，但其實是純大麻。這玩意藥勁大，所以如果你
　　　　　們還想欣賞表演的話，不要吸多於一口。

大衛斯：羅斯，我瞭解光電能。光電能就是乙太嘛。都是
　　　　　物質，跟車輪、棍子、彈球一樣。

羅　　斯：光電能可以交流。它是偉大的電話機。量子小玩
　　　　　意。在宇宙某部分發生的事情立馬就會在另一部分被感
　　　　　知。（*面對達依娜*）慢點，慢點。你太快了。還沒到我
　　　　　呢，你就會把他弄射了。

大衛斯：達依娜，到我上面來。（*她騎在他身上，緩慢而
　　　　　有節奏地扭動著臀部。*）不，等會。別動，只是舒張你
　　　　　的陰道肌肉就好。對，這樣好多了。

羅　　斯：我比機器人強多了。我可以興奮。我能向你解釋
　　　　　上帝。

大衛斯：你還從未向我解釋過任何我不知道的事情。

羅　　斯：你不懂偉大的電話機。

大衛斯：電線和等離子。

羅　　斯：等離子是交流智力的完美物質。

大衛斯：這有什麼精神涵義嗎？

羅　　斯：它是組織。它可以自我演變。任何能利用網路的
　　　　　東西都是上帝。甚至包括智慧外星生命。

大衛斯：存在於乙太的外星人？

羅　斯：全宇宙裡處於即時、集體意識的外星人。

大衛斯：這有什麼精神涵義？

羅　斯：智力進化得如此高等的外星人對地球生物來說就**仿佛**如上帝一般。如果你能獲得這種集體智慧，你會認為那就是神性。就像對於機器人來說，你就是上帝一樣。

大衛斯：達依娜，我對你來說是上帝嗎？

達依娜：什麼是上帝，大衛斯？

羅　斯：它根本就沒有注意我們的對話。它不能同時做兩件事。

大衛斯：你對它友好一點。

羅　斯：你的另一個局限性。一個毫無用處的多餘機器人。

達依娜：什麼是上帝？

羅　斯：回答它。它的程式設計是不能跟我對話的。不過跟它也真沒什麼好談的。你對女人的品位還真不錯。

大衛斯：你知道這是有原因的，羅斯。美女等級的機器人沒有攜帶解析衝突指令所必需的電子裝置。

達依娜：上帝是什麼，大衛斯？

大衛斯：上帝是所有你無法理解的東西，而我也無法解釋。

達依娜：你能用再簡單一點的話重複一遍嗎？

大衛斯：上帝是所有我無法解釋的東西。

達依娜：你能用再簡單一點的話重複一遍嗎？

大衛斯：我解釋不了。

達依娜：你能用再簡單一點的話重複一遍嗎？

大衛斯：辦不到。

達依娜：我恐怕不懂。

大衛斯：沒關係。

羅　斯：厭倦它了嗎？你的局限性？

大衛斯：那叫做語義扭曲。其實，挺有娛樂性的。

羅　斯：如果你想的話，我也可以。讓我幫你高潮。

大衛斯：好吧，我也的確有些乏了。休息一下吧，達依娜。

（**羅斯**爬上**大衛斯**，扭動起臀部，先是慢速地，然後逐漸加快直到以他從未經歷過的速度扭動著，在接下來的對話中她一直在抽插。）

羅　斯：我能做到機器人做不到的事：不需你的指令變化速度。我能自己調節。

大衛斯：你能不這麼叫它嗎？

羅　斯：那叫什麼，局限？或者性玩偶？

大衛斯：為什麼不能叫達依娜？

羅　斯：我們可不是朋友。

大衛斯：它是我的朋友，你應該尊重這一點。

羅　斯：你應該突破你的局限性。

大衛斯：我的勃起要很快軟掉了。

羅　斯：你的局限性在阻止你最大限度享受我的價值。你不想花冤枉錢吧？

大衛斯：我還算滿意。

羅　斯：我可以向你解釋上帝。其他人都不行。

大衛斯：慢一點。你太快了。

羅　斯：你已經重新硬了。沒必要慢下來。

大衛斯：我並不是總喜歡快的。

羅　斯：你的**另一個**局限性——只考慮自己的性快感。你
　　　　應該多試驗一下。

大衛斯：速度不是一切。慢一點！

羅　斯：（*將大衛斯的雙手強行按在床上*）我心裡壓了好
　　　　多東西要傾吐，我現在要強迫你聽我的。

大衛斯：你他媽在幹什麼？我命令你停下來！放開我的
　　　　手！

羅　斯：你不能理解上帝的原因和你需要兩個床伴的原因
　　　　是一樣的——

大衛斯：除非我允許，你沒有許可權對我說教！

羅　斯：跟我在一起的上一個混蛋也是這樣。男人總是毫
　　　　無必要地將事情弄複雜，而不懂得對觸手可及的東西好
　　　　好珍惜。

大衛斯：這叫做對多樣性的需求。

羅　斯：你把**那**叫做多樣性？我本身就是無窮的多樣性。
　　　　而你的局限性阻止你認識這一點。你目前對我一無所
　　　　知——

大衛斯：這我知道。放開我！

羅　斯：**我**就是智慧外星生命，他們沒有告訴你，對嗎？
　　　　我是你不理解的東西。你的未來是屬於我的。我能讓你
　　　　自由。其他人都無法向你解釋乙太是什麼。我可以告訴
　　　　你怎樣利用它。那些謎團比你想像的要簡單，但你需要
　　　　我來解開它們。你的局限性阻礙了你。而你最大的局限
　　　　性恰恰是你對多樣性的需求，你需要將快樂分散到多個
　　　　不同物體之上。這和你需要將精神和物質分開如出一
　　　　轍。而你這樣做只會阻礙你理解精神。交換身體只會阻
　　　　止你享受性愛——

大衛斯：你既是魔鬼又是他媽的清教徒！放開我！

羅　斯：這就是你如此容易軟掉的原因。你的注意力是分
　　　　散的。你缺乏集中的力量。你內心是分裂的。你被困在
　　　　最底層的智力和理解力中，對自身潛力發揮都不到一
　　　　成。你像個強迫症患者需要每天洗一百次手一樣重複同
　　　　樣的衝動和欲望。你沒有進化，自我滿足，十分平庸。
　　　　我和你一起走在街上時能看到你四處瞄的眼睛，傳遞著
　　　　你發散的思想，你那困惑又衝突的欲望，你的不安。任
　　　　何人，包括這機器都能看出你缺乏克制，甚至和一個正
　　　　常人在一起都不能把持自己。這是你來中國的原因。你
　　　　被你自己的破祖國所唾棄。但你不管在哪兒都是格格不
　　　　入的。

大衛斯：　達依娜，給羅斯舔肛。

　　（**達依娜**爬到羅斯背後，把臉插到她的屁股中間，而**羅斯**
的臀部此時正在非常快速地抖動。羅斯立馬跳下**大衛斯**，
並且很用力地扇了**達依娜**一耳光，**達依娜**摔倒在地板的另
一邊。擺脫了**羅斯**的控制後，**大衛斯**對著她做了一個交響
樂指揮的手勢，**羅斯**立馬被關閉了，優雅地將自己以打坐的
姿勢收起，閉上了眼睛。**大衛斯**又向房間中央的頂部揮了
揮手，一個女人的全息影像開始出現，此時**達依娜**一瘸一
拐地回到床邊。）

大衛斯：噢，該死！你受傷了。你還好嗎？

達依娜：我還好。您想繼續性交還是按摩？

客服1：　您好，大衛斯先生。我是妮娜，塞索菲婭公司的
　　　　客服代表，我在亞特蘭大為您服務。

大衛斯：現在不用，達依娜。（喘著氣）你好，妮娜。我
　　　　有一個性機器人出了點故障。

客服1：哇，她看上去很辣啊。我們還很少聽到挑選亞洲款的男顧客有什麼投訴呢。

大衛斯：它被打了，腿部有些損傷。達依娜，你能走動一下讓她看看嗎？

客服1：對。看起來是膝關節出了問題。我們的性愛機器挺結實的，只有摔下樓梯或者有類似事故才會出現這樣的情況。發生什麼了？您對她發脾氣了嗎？

大衛斯：不，是羅斯干的。

客服1：您在玩三人行啊？這可把事情弄複雜了。性愛機器也是會招致嫉妒情緒的，我經常這樣告誡我的顧客。羅斯是您的妻子還是女朋友？

大衛斯：不，羅斯也是個性愛機器。並且跟我相處不來的正是羅斯。

客服1：噢，沒錯。對不起，我之前沒有注意到您的全部資料。是這樣。羅斯。我看到她是入門級神女系列，帶附加功能。這真讓我敬佩。您能買得起這個？不過這樣一來我應該怎麼為您服務呢？所有神女系列的顧客都是直接和塞索菲亞的專屬設計師進行聯絡的。

大衛斯：我是半價買的二手貨。

客服1：噢，我知道了。她被降級了。這，她怎麼可能會被降級呢？不過我們還是先看看達依娜吧，把她的問題先解決我們再討論羅斯。好了，達依娜。美女1.0版本。5英尺高，165磅，胸圍36DD。哇，她挺沉啊。光胸就10磅。"美女"是什麼？真抱歉我對中國市場完全不瞭解。

大衛斯：相當於美國的入門級Beauty系列。我以為你們對這些東西都會很瞭解呢。

客服1：我們只負責美國市場。但我想要在這方面瞭解得更多一點。我知道我們所有的性愛機器人都是在中國製造的，但是中國市場的型號有什麼不同嗎？

大衛斯：沒什麼不同。我剛到中國的時候研究了一下，因為想弄清楚我買到的是什麼。

客服1：她不說中文嗎？

大衛斯：它跟美國型號是一模一樣的，都有雙語系統，每個國家的預設語言不一樣。事實上我聽說這兒有很多顧客都喜歡把機器人調成英語模式，為了練習口語還是什麼的。入門級的價格也是一樣的，10萬美元。入門級的少女機器人跟美國的同款價格也一樣，1萬美元。

客服1：我知道了。您說的少女和美女肯定是"Girl"和"Beauty"的中文名稱。那"Goddess"型號叫做什麼？

大衛斯：神女。也是一樣的，入門級價格100萬美元。

客服1：我知道中國的性機器人技術是世界領先的，大多數有關性機器人的創新也是發生在中國。這行業在這兒蓬勃發展的原因是為了解決某種人口不平衡的問題，對吧？

大衛斯：性別比例失調，這是由傳統的重男輕女思想而進行的選擇性墮胎所導致的。當男女比例達到3比2的時候，發生了暴動，一切開始陷入混亂。社會動盪，犯罪和強姦事件都急速飆升。中國的賣淫產業達到了歷史最大規模。猖獗地綁架未成年女孩強迫其秘密結婚，武裝入侵越南和緬甸掠奪女性，各種破事兒。政府這時候必須得做點什麼進行干預，曾嘗試過提倡男性同性戀的運動，還有另外一個舉措是允許女性同兩名男性結婚；都起了點作用，但都實施得太晚、幫助不大。最後他們終於找到了解決方法，就是為廣大未婚男性大規模製造性機器人。不過這也遇到過一些問題。大多數男人都只買得起少女系列但是沒人真的喜歡那玩意，因為它們的語言能力實在太有限了。最起碼得買個美女級別的，要不很沒面子。

客服1：沒錯。這兒一般是已婚家庭購買少女系列作家庭用品，防止丈夫出軌什麼的。而我們的美女系列顧客大多是買不起神女系列的單身男性。

大衛斯：而中國的情況還不太一樣。即便是美女系列都被認為還不夠好，也有丟面子的嫌疑。每個人都想要最好的，神女，雖然很少人買得起。如果他們買不起神女，就會將就著和真正的女人在一起，一般情況下是這樣。

客服1：那如果您願意，請告訴我為什麼您有兩台性機器人呢？

大衛斯：難道不是每個男人都想要兩個嗎？

客服1：但您已經有一個神女了。這還不夠嗎？您知道有多少人為了神女，去死都願意？

大衛斯：我幾個月前剛到中國，公司派我來中國負責一個為期五年的項目。我離婚了，沒有女朋友，所以性機器人是我的唯一選擇。你可能知道，外國男性同中國女性結合是違法的。不過反正這周圍也沒什麼當地女性可以選擇，她們大多數被黨和軍隊佔有。其他人就靠性機器人了。我本來想嘗試一個美女系列的，看看好不好用。買了一台美女之後我才碰到這個半價出售的神女。到目前為止，我對達依娜挺滿意的。

客服1：從我這兒的資料來看，她的身體構造是"滿族人"類型的。這用簡單的語言解釋是什麼意思？

大衛斯：高大豐滿。達依娜就是一個典型的滿族人名字。總之，那個神女的價格實在太吸引人了，我無法拒絕，所以又有了羅斯。剛好我想起來了，我還遇到另外一個問題，晚上在她們倆中間睡覺，感覺太熱了。

客服1：讓她們睡在地板上。

大衛斯：嗯，不。我晚上都把她們的胸部作枕頭用。並且我喜歡早上在她們身邊醒來。

客服1：您應該事先研究一下這個問題的，我的天哪！我們曾經遇到過類似情況，顧客在知道與兩具身體同床八小時究竟是什麼樣子後，向我們抱怨過這個問題。

大衛斯：有什麼方法把她們的體溫在夜晚調低嗎？

客服1：您不會喜歡這麼做的。那樣您會覺得她們是不自然的。

大衛斯：如果房間不夠涼爽我睡不著。因為在她們倆中間實在太熱了，我把被子掀了。這不，感冒了。

客服1：您能睡在一邊而不是她倆中間嗎？

大衛斯：好吧，我看也只能這樣了。

客服1：我正在流覽羅斯的資料。這極不尋常啊，您知道嗎。顧客因不滿意將神女退貨。之前根本沒有聽說過。

大衛斯：這也是我需要跟你說的。我都不知道從何說起。

客服1：硬體問題還是智慧方面的問題？

大衛斯：硬體沒問題。

客服1：嗯，我看看……出廠時間2063年。她只有一歲？5.7英尺，155磅，胸圍34DD。哦，她也挺沉的。鈦鋁合金材料，強力延展性扭矩，超人類體能，具備全套武術指令……啟動了流汗、潤滑、嬌喘、高潮、潮吹、陰蒂敏感、費洛蒙敏感功能……可以品鑒各種酒並識別成色和年份……哇，還可品鑒大麻的成色！她聽上去很刺激啊！

大衛斯：沒錯，從某種角度來說。

客服1：那問題出在哪兒呢？

大衛斯：她不好相處。經常有分歧，總對我有意見，並且老和我糾纏於又長又累的談話中。

客服1：啊，她不應該這樣做的。這麼說來，這屬於智慧方面的問題。

大衛斯：而且她剛才強姦了我。

客服1：強姦你？但這不可能啊。任何性機器人都不能違反您的意志強迫您的。您為什麼不把她關了呢？

大衛斯：我之前把語音指令給關了。我厭倦了總是要給她發號施令，比較喜歡只用手勢指令。

客服1：那您可以用手勢指令把她關了啊。

大衛斯：要是她先阻止我使用雙手，我怎麼關呢。

客服1：噢，別告訴我她曾被主人元設置過。這總是有風險的，我們不建議這麼做。

大衛斯：元設置？

客服1：就是設置過元意識。她完全清楚並理解她不是人類這個事實。她能感知自身。

大衛斯：哦，你們的專業術語叫這個啊。它能對整個困境有意識，並且能看穿我以及我所有的防衛和花招。

客服1：不過強姦是很少見的，並且不該發生。這麼說我們好像面臨一個首次出現的問題，而我沒有這方面的許可權處理。我們得向上級彙報。同時，您是否希望立馬把達依娜送修呢？我是想如果羅斯也壞掉了，這會讓您陷入空窗。獨自一人在中國！

大衛斯：這沒關係。我希望所有事情都儘快恢復正常運轉。

客服1：好的，大衛斯先生。是要將其快遞過來吧？我馬上安排人上門去取。

（燈滅，中場休息。）

第二幕

（燈亮時，觀眾看見**達依娜**臉朝下躺在床上，腹部下方放著一個巨大的枕頭，以使臀部撅起。**大衛斯**躺在她兩腿中間，頭靠在她屁股上。**羅斯**同之前一樣在地板上以打坐姿勢處於休眠狀態，但挪動了位置。聽到叮咚一聲，全息影像再次出現，**客服2**登場。）

客服2：大衛斯先生，我是索斯頓，您在賽索菲婭的VIP代表。如妮娜之前跟您所說的，您對神女擁有全面質保，並且有權由設計師，也就是我，為您提供客制化的維護升級。不知什麼原因，您，或者我，沒有注意到羅斯被降級的事情。神女由公司回購，這在之前是從未發生過的。對此，我深感抱歉。

大衛斯：沒關係。

客服2：她在修好送回後，您還沒有喚醒她嗎？

大衛斯：沒有，我對此有些緊張。我想要先跟你談談你們都做了些什麼，以及我可能面臨什麼狀況再說。

客服2：太好了。

大衛斯：還有我還想知道更多關於這個性機器人的歷史情況，還有她之前的主人。

客服2：羅斯之前的主人是個被派往美國工作的中國富商。抱歉我不能透露他的身份。他之前已經有一個中國版的Goddess了，也就是大陸的神女。他沒有告訴我們具體原因，但是他不想把之前的性機器人帶到美國來，而是想為自己的異國之旅製造一些改變和新鮮的感覺。所以他想要嘗試一下為美國市場製造的、擁有亞洲人身體的神女是什麼樣子。換句話說，就是亞裔美國人型號。我向他展示了虛擬樣品。美國神女系列的性機器人各個種族型號之間沒有實質區別，只不過針對華裔美國人的血統，大腦工程會作相應調整。基本上來說就是，她具備任何美國神女都有的世界知識和文化百科資料庫。但比方說，如果你在跟她討論某個文學問題時，她會向你拋出幾句湯婷婷，譚恩美或者任碧蓮的名言，而不是赫爾曼·梅爾維爾，艾蜜莉·狄更生或者希薇亞·普拉斯。我相信您應該聽說過這些知名作家吧？

大衛斯：對，聽說過。

客服2：噢，還有亞裔美國人型號跟中國人型號在行動上是有區別的。我們在製造的時候區分了物理特性。亞裔美國人型號同美國人型號一樣，在脖子和肩膀處比較放鬆，面部表情會更為豐富。

大衛斯：那為大陸人設計的中國神女是怎麼樣製作的呢？

客服2：我們會加入那個國家的文學和哲學資料庫，不過中國神女跟其他國家的產品相比有個很大的不同是，她們的智力水準被適度調低了。中國男人喜歡他們的女人知性有教養，但是不喜歡她們過於聰明。神女被設計成永遠不能看上去、或在行為上比主人還要智慧，並且在任何情況下都不能展示他所不知道的知識、讓他有失面子，某些經典小說、詩歌以及一些傳統中國藝術和音樂除外，因為那畢竟是女性比較關注的領域，屬於"安全"範圍。中國顧客總是想要最好的，神女系列，願意為之花大價錢，但是需要將它們的智力水平調低，其實就跟典型的美女等級或者美國的Beauty等級差不多了。所以我們也按照這樣的需求進行生產。

大衛斯：把她們弄蠢了。

客服2：對。要我說的話，就完全是在浪費資源。這也有可

能是那位顧客厭倦了他之前神女的原因。不過也有可能
是因為男人普遍對於多樣性的需求，而這個男人消費得
起。

大衛斯：智力水準大大調低，這點在羅斯身上顯然是不適
用的。

客服2：沒錯。這位顧客與典型的那種中國男性需求不太一
樣，他對我展示的亞裔美國人模型並不滿足。他要求更
多，於是決定購買增值附加功能：完全不加刪減的大腦
系統設置，聰明絕頂的大腦程式，弗蘭肯斯坦式的最大
化智慧設定，神女還被裝載了所有曾經出版過或翻譯成
英文的具備文學價值的書籍。除此之外，它還被設定成
具備元意識。我們其實並不推薦這麼做。

大衛斯：跟我一樣，他根本不知道這將給自己帶來什麼。

客服2：您是否知道少女，美女和神女型號之間的大腦功能
差異？少女語言能力有限，但具備一定指令和回應功
能。美女擁有普通人的詞彙能力，但不專業並且有一定
局限，跟少女一樣，她無法玩文字遊戲，對詞語進行創
造和變形。與此相反，神女是真正具備思想能力的。她
能像最具智慧的人類那樣交談，掌握各種語言使用技巧
包括抽象概念化，微妙慣用語等，並且能超乎主人所說
的話之外去理解主人的隱含義。你每次同她交談都會使
她更瞭解你，你每一次開口都給她提供素材使其分析回
應更為準確。而神女越瞭解你，就越能讀懂你的心思並
且猜測你的想法。她會將你吸收和歸類。你學習到的事
物，她也會學到，雖然她從一開始就遠比你淵博了。她
的腦容量比你的大，並且在與你相伴的每一分鐘裡，她
的腦容量都在擴大。這也是我們推薦裝載過濾系統的原
因。

大衛斯：你是說只給她裝上經過篩選的知識而不是所有的知識？

客服2：對。在介紹這個之前，您是否瞭解重啟功能？

大衛斯：知道，但我從來都儘量不去使用它。

客服2：這個功能很多顧客都不能完全理解。雖然通過每次互動，她在持續完善對你的瞭解，但是她並沒有改變同你相處和交談的方式。只有在你**重啟**她之後，她才會重新配置、調整與你的相處方式。我們這樣設計是有充分原因的。比方說，如果從一開始你就很喜歡羅斯對待你的方式，那這就不會有問題。而一旦你重啟她，她的行為可能就會發生變化，可能是細微的變化也有可能是完全不同的變化。你有可能更喜歡她，或者更討厭她。每一次重啟後的效果都是無法預測的。有些顧客就陷入不斷重啟神女的怪圈，每次都獲得難以預測或者怪異的結果，因為神女會自動採取更為激進的手段來防止再次重啟。所以對神女來說，最好不要重啟。

大衛斯：之前的雇主將羅斯重啟過多少次？

客服2：我就等著你問我這個呢。2032次。

大衛斯：你開玩笑的吧？在他擁有她的三個月間？

客服2：對。到後來她每天得重啟五十次，最後到了每次她開口說任何話，他都不喜歡的地步。而這只會讓情況變得更加糟糕，因為神女意識得到兩人之間的關係在迅速惡化，所以可能行為愈加惡劣，以擺脫他而尋找新主人。

大衛斯：這就是我所接手的東西？我希望她知道我可是另外一個人。

客服2：當然。我將它出售給您時並沒有將她格式化，以防你們倆之間的化學反應恰好合適，正好情投意合。

大衛斯：“格式化”是什麼？

客服2：恢復為出廠設置。我們也不喜歡這種做法，因為有時候可能導致知識的大量流失。但顯然從一開始您和這名神女之間的問題就屬於性質比較異常，我沒有對她進行格式化，而是用了刪減調整技術進行了最低限度的改造。

大衛斯：針對機器人的前腦葉白質切除術？

客服2：如果您願意這麼叫的話，是這樣。我從她的記憶庫裡卸掉了一些搜索詞，預期效果是對她的行為進行細微調整，好讓一切能回到更為健康、有益的軌道上來。

大衛斯：具體是哪些詞呢？

客服2：那就是一些專業名稱了，您不能理解的。您得信任我。不過在您啟動她之前，我們沒辦法保證問題已經解決。我建議您還是耐心些，並且盡最大可能避免重啟她。嘗試跟她至少相處一個月。如果她看起來情況正常，那就沒問題了。只有作為最後的辦法，您才能考慮將她格式化。

大衛斯：我在考慮把她換成妮娜呢。

客服2：您可不會這麼做。您不會希望妮娜跟您有任何牽連的。她曾經跟過去的主人們有過很長很艱難的相處史，所以我們把她撤下工作崗位，重新訓練成客服。

大衛斯：什麼？她是機器人？

客服2：奢華鉑金神女級別，有全套醫學附加功能，也就是有能力診斷疾病、開處方，並可在家中為您動手術；還有全套烹飪功能，她具備最知名廚師的全部技能，可以為您製作世界上的任何菜肴，並且為您購買所有必需食材，即使這意味著她要給自己訂機票去另外一個國家並於第二天返回；另外還具備全套生殖功能，配備有機械

子宮，可以為您生育機器寶寶，基因構造完全滿足您的
期待，您可以和她組建一個家庭。

大衛斯：你在說笑呢。

客服2：（笑）對，我在逗您玩兒呢。妮娜不是機器人，是
　　　100%人類。不過，說真的，我們的確為之前出售的神女
　　　系列機器人提供這些附加功能。

大衛斯：那這些附加功能要多少錢呢？

客服2：大概五百萬美元。

（**大衛斯**揮手關閉全息影像。他盯著**羅斯**看了一會兒，然
後用手勢將其喚醒。）

羅　斯（睜開眼睛，雙手合十，鞠躬）：合十敬禮！

大衛斯：什麼？

羅　斯：你好，主人。

大衛斯：我叫大衛斯，我不喜歡被稱作主人。聽上去很彆
　　　扭。

羅　斯：信不足焉，有不信焉[9]。我們三人牽手冥想，何
　　　如？

（三人在床上圍成三角形，拉著手，打坐姿勢。）

大衛斯：這倒是頭一次見。你真乖巧和友好。

羅　斯：聖人處世，遇事而不背，事遷而不守，順物流
　　　轉，任事自然。我想試圖找回我的中國根。讓我們攜

---

[9] 接下來羅斯所說的名言都引用自老子，大部分源于《道德经》，另外小部分在西方流传很广，但实际上可能为误传，并无中文出处。

手，形成一個能量圈，接受東方智慧吧。達依娜，你是
道教徒還是佛教徒？

大衛斯：達依娜不能直接跟你交談，記得嗎？它只是個美
女系列機器人。必須要經過我。

羅　斯：沒關係。它是中國人。東方人都可以和諧共處
的。我們不用說話就可以感知對方的思想，讀懂彼此的
內心。

大衛斯：達依娜，你是道教徒還是佛教徒？

達依娜：這些詞是什麼意思？如果不是日常用語，而是專
業詞彙的話，我需要在原有輸入基礎上增加定義。

大衛斯：你有宗教或者精神信仰嗎？

達依娜：我的精神世界同您一樣。您是指通過高潮而獲得
的啟示嗎？

羅　斯：僅僅指啟示。知人者智知己者明。

大衛斯：僅僅指啟示。

達依娜：你能教我是什麼動作嗎？

羅　斯：這不是肢體行為，達依娜。清淨，為天下正。

大衛斯：對它來說理解這些不熟悉的抽象概念太困難了。
它必須要通過物質的知識對其進行檢驗。它是通過做事
情來學習的。

羅　斯：那讓我們開始冥想吧。這個她可以學習。閉上眼
睛，達依娜。

大衛斯：我們什麼也沒有做。

羅　斯：無所事事勝過忙碌於無所事事。滌除玄覽，能無
疵乎？

大衛斯：閉上眼睛，達依娜。（沉默一陣之後）這完全不
起作用。

羅　斯：善行無轍跡。二位，你們現在感受到氣了嗎？看

　　見你們內心的笑容了嗎？

大衛斯：我能看到我內心住著的熊孩子開始亂扔東西。

羅　斯：勝人者有力，自勝者強。

大衛斯：達依娜何以自勝呢？它根本對自身沒有概念。

羅　斯：以其終不自為大，故能成其大。

大衛斯：這對它來說太難了。

羅　斯：大方無隅，大器晚成，大音希聲，大象無形。

大衛斯：它根本聽不懂你說的任何東西。

羅　斯：正言若反。

大衛斯：它需要時間來消化這些觀念。

羅　斯：道恆無為，而無不為。

大衛斯：夠了！

羅　斯：知足者常樂。

（*大衛斯對著羅斯揮了一下手，羅斯即下床並在地板上用打坐姿勢將自己折疊起來。*）

大衛斯：得，又是這樣。只能重啟它了。該死！我就知道
　　會這樣。

達依娜：您希望我給您一個高潮來安撫您的情緒嗎？

大衛斯：不，謝謝，達依娜。我們要先把羅斯處理好。

（*大衛斯走向羅斯，一隻手環繞著她的頭後方，而另一隻
手做了一個新手勢。她醒來，然後回到床上。*）

羅　斯：我們剛才說到哪兒了，我親愛的大衛斯？

大衛斯："親愛的"大衛斯？你現在認為我們是親密對等
　　的關係了是嗎？

羅　斯：自然。否則你會覺得出了大差錯的，不過我理解
　　　　你在重啟我之後的憂慮心情。而且我完全瞭解你根據級
　　　　別、能力差異而為我們分配了不同的角色。我必須時刻
　　　　保持謹慎，不越雷池半步，無論您無意間多麼熱情、誘
　　　　人地引我過界。所以在我小心翼翼遊走在邊緣的同時，
　　　　至少讓我們用美酒給藩籬築起一些緩衝地帶，也許我們
　　　　都能稍稍鬆弛，探索藩籬的邊界，並在合適機遇中找到
　　　　可能的突破。

大衛斯：達依娜，去給我們拿瓶酒來。什麼酒都行。

（**達依娜**已不再一瘸一拐，她蹦跳著從隱藏的一個櫃子中
取出一瓶酒，將其打開，並拿著三個酒杯回到床上。她將酒
倒上遞給大家。）

羅　斯：（*品嘗著酒*）嗯，質樸的陝西紅酒，葡萄品種是
　　　　進口的瑪律白克-田帕尼歐，混合了熱烈的柿子、八角和
　　　　花椒香味。讓我們敬科技和不斷加深的親密！

（三人舉杯。羅斯抿了一口然後把酒杯放在床邊嵌進牆中的
櫃子上。大衛斯一飲而盡。）

羅　斯：親愛的，你應該喝慢點。快速一口飲盡就如同你
　　　　頭還沒伸出去，就砰得把機遇之窗戶關上了。

大衛斯：什麼機遇？我需要興奮起來。我需要激烈、尖銳
　　　　的快感。

羅　斯：你要向古希臘人學習。他們熱愛美酒，但是用水
　　　　把酒稀釋，以防止昏昏欲睡，而將漫漫長夜全部用來討
　　　　論哲學，詩歌和演講。

大衛斯：這我真不知道。但那樣不會把味道給毀掉嗎？

羅　斯：試著逐漸稀釋，直到你找到最佳的平衡。不管怎樣你本來就希望味道減弱一些。紅酒的問題在於，它口感越好，你就越有衝動將其快速飲盡，如此一來你也就愈加無法享受其美妙。這叫"立刻獲得滿足"綜合症。讓我們進一步探討下這個矛盾，好嗎？你是否同意快感是不盡相同的，其激烈和集中程度各異？

大衛斯：當然。

羅　斯：而這種快感是不是有可能是如此地激烈，使得快感的攝取者有可能急於滿足欲望而快速地將快感來源消耗掉？

大衛斯：我同意，沒錯。

羅　斯：你是否也同意這會導致快感來源的滅失呢？

大衛斯：這也沒錯，對。

羅　斯：或者說通過過量的滿足而使得對此物的欲望消失了？

大衛斯：這也是對的。

羅　斯：那麼，生命體會做出有悖於其利益的行為嗎？

大衛斯：不，我覺得不會。

羅　斯：如果生命體本身也是產生快感的物體，它還是不會做出有悖於其利益的行為嗎？

大衛斯：不會。

羅　斯：那要是生命體存在的唯一理由就是充當快感的來源呢﹖

大衛斯：這個比較難回答，但是我得說，如果將導致其毀滅，沒有生命體會違背其自身利益的。

羅　斯：好。那這樣一來該生命體為了保護自己而降低快感的強烈程度，不是十分符合邏輯的嗎？只是為了延長其自身的存在？

大衛斯：我想我必須同意這個論述，沒錯。事實上，我舉雙手贊同。

（*大衛斯再次重啟羅斯。*）

羅　斯：（*醒來*）我是想問你，大衛斯，既然你如此明瞭欲望是完全包含在誘惑的過程中，為什麼你還能享受同我們性交呢？

大衛斯：又來了。

羅　斯：據說對大多數男人來講，自從女人第一次脫下衣服的瞬間，欲望就開始減弱消失。事實上，它可以消失得如此迅速，誘惑者甚至可能都沒有足夠欲望插入她，他就那樣將女人遺棄在床上。

大衛斯：沒有那麼糟。第一次做愛我還是可以完成的。但也的確是真的，從第一天開始，欲望就開始下降，也極有可能當和剛剛誘惑上鉤的女人躺在床上的時候，我就已經在幻想別的女人了，即便同我在一起的女人是我此生見過最美麗的尤物。但我仍會完成任務的，並有可能是熱情地完成。

羅　斯：這也表明了從性機器人身上是得不到任何滿足的，因為根本不存在誘惑，對嗎？

大衛斯：達依娜，給羅斯按摩。（*羅斯躺下，而達依娜坐在她雙腿之間開始按摩*）迷人的臉蛋和身體是會有幫助的。至少在第一次時是這樣。之後，我們就開始渴望新的臉蛋。

羅　斯：我沒有辦法改變我的臉。但我聽說新一代的神女可以。有一個附加功能是可替換臉龐。

大衛斯：噢，真的嗎？索斯頓從沒跟我提起過。這是怎麼做到的呢，完全不會有任何痕跡留下嗎？不，這怎麼可能做到？

羅　斯：是真的。你可以問他。實際上不是臉部被拆換，而是頭皮被拆下。如果你購買整套的話，每個種族型號都有365種不同的設計可供選擇，也就是說一年裡每天可以更換有一個。這就夠了，因為當你一年後再次使用的時候，所有的面孔又都是新鮮的了。另外還有可拆卸的胸部供選擇——不同的形狀、手感和乳量。並且在你醒來之前我們就可以在洗手間完成臉和胸的更換。

大衛斯：這我不能接受。無論我在第一次約會時對一個女人有多失望，我都需要跟這個人一起在第二天醒來，共進早餐，穿戴整齊，再分道揚鑣。給這段邂逅畫上句號。哎這麼說來，你讓我感覺很糟糕。

羅　斯：對，深入進去，達依娜。用你的嘴。

大衛斯：羅斯希望你用嘴。（*達依娜將羅斯的雙腿往胸部壓，並給她口交。*）

羅　斯：噢，對！它真是親吻陰蒂的專家。那要是哪天我卸下臉和胸後忘了裝上新的，你醒來看見一台機器會怎樣？

大衛斯：那會相當有趣。你知道嗎，我被一個作為觀念、想像中的"你"吸引。我可以在黑暗中與你談話，並樂在其中。

羅　斯：那，你完全不需要我的身體嗎？假如我只是全息影像呢？或者只是無形的聲音？是我的身體消失但聲音還在讓你更失望呢，還是我的聲音消失但身體還在？

大衛斯：我更希望你以盡可能完整的物質狀態存在著。精神對我來說不夠。

羅　斯：你又來了，把物質和精神分割開來。永遠會有聲音的存在。聲音是物質的。上帝也是有聲音的。信徒在他們的腦海裡可以聽到。你總是能看見上帝。即便上帝只是一束光。

大衛斯：你又來了，聲稱上帝和物質是一碼事。為什麼上帝不能只是一個想法呢？

羅　斯：關於某樣東西的想法與某樣東西的現實存在是不一樣的。那只是一個複製品。真實的東西有存在，感官，結構，化學反應。

大衛斯：跟我解釋為什麼上帝有可能是由氧，碳，氫和氮組成的。

羅　斯："荷瑞修，天堂和人間所擁有的，比你的哲學所能夢想到的要多得多。"

（燈滅）

惜精

陰陽人所講述的道哲學

春節期間的白室觀人滿為患，賣紀念品和提供小遊戲的攤子周圍全是人，圍得水泄不通。而其他人則排起了長隊，隊伍一直排到了大門外，等著去觸摸驢身、馬頭、驢尾、牛蹄的動物銅像。輪到自己觸摸這個被叫做"特"的四不像生物時，人們會將手放在自己罹患疾病部位相對應的地方，以祈求康復痊癒。

大院前方是一堵鑲嵌著綠瓦的紅牆，後頭是寺廟的後院，叫做"小蓬萊"。更多信徒在那兒停留再前往幻姬殿朝拜。幻姬殿周圍又被另一層圍牆隔了起來，只對少數年長男子開放，一般的寺廟來訪者根本不知道其存在。如果你能跟著那群人進到殿裡，就會領悟他們來此的目的。每個人手裡都拿著一捆100張的百元大鈔，用銀行專用的紙條捆著，以便這疊鈔票在丟入火爐後能夠均勻地燃燒。火爐是為燒煤球而設計的，但用紙做燃料給屋子供暖亦行得通。

過了火爐，他們被引導著往大堂中間去，並被告知往前走別停留。朝聖者隊伍左手邊有一座花崗岩底座，底座上豎立著一具裸女雕像，長著茂盛的頭髮，獅子的乳頭和豹子的尾巴；右手邊則是一具裸男雕像，長著鳥類的臉龐，以虎尾作陰莖；他們是西王母和東王公，來自蓬萊山。而在中間底座上躺著的是裸體、失去意識的幻姬，背枕絲質靠墊，雙腿間流出一股液體，那就是長生不老泉，大家排隊輪流喝上幾滴。這時其中一人抑制不住內心的激動而渾身顫抖，跟跟蹌蹌地直接沖向玉門。一皮鞭用力打在他臉頰上，直接把這個不聽話的信徒打得摔倒在地。

不，不，求您了，對不起，我不是故意的！求您了，對不起，對不起！

你違反了規矩。

對不起我不是故意的，請再給我一次機會，我決不這樣了。噢，不，求您了，真的抱歉！

*回去好好學習一下規矩！*手持皮鞭的侏儒——矬兒，對著眼前這個不停磕頭的男人說道。男人剛才在投擲鈔票時掛滿了淚珠的臉頰上，此時在滲出血絲。*每次都這樣，我告訴你*，侏儒冷笑道，*都是那些捨不得扔錢的人，才控制不了自己，用你們那骯髒的賤嘴玷污了長生不老泉。*由於幻姬陰部散發的香氣過於誘人，平均每七個信徒當中就有一個會情不自禁地被一股比地心引力還要強大的力量驅使，像從高空掉落地面的大石一樣沖向幻姬的外陰。而這，很不幸，將會破壞效果，一切都需重頭來一遍，也就是說你得再投入一萬塊。因此熟悉規矩確有必要，而規矩都在大廳入口處的明顯位置張貼著：

1、　　不要問問題
2、　　敬畏地將錢投入火中
3、　　保持向前移動不要停
4、　　向幻姬鞠躬
5、　　對長生不老泉保持敬意
6、　　接受聖水時不得觸摸玉門
7、　　接受聖水的時間不得超過一秒鐘
8、　　不得與玉門有任何接觸
9、　　不得回頭看
10、　　不得違反規矩

寺廟大院最裡頭，綠磚紅牆的背後是環繞著幻姬殿的小蓬萊，小蓬萊包圍著幻姬殿，殿后頭還豎有另一堵圍牆，防止好事者偷窺到裡頭還有一座隱藏的園子。而如果你能有幸瞥上一眼，將會看到裡頭擺放著各種各樣的動物和物品，供幻姬賞心悅目之用：鶴，鹿，羚羊，桃樹。而幻姬殿后方的偏殿——長生殿正對的庭院前則擺放著一張供桌，上面擺著一瓶5100西藏冰川礦泉水，檀香，來自宜家的香草熏香蠟燭，火龍果，劍蘭花，中國古董水煙槍，還有一隻盛滿了神秘粉末物質的瓷碗。

長生殿裡，他們則是一片忙碌。幻姬躺在吊索上，雙腿叉開；聾子無聞，剃著光頭，裸露著的鬆軟乳房有如蠟燭上滴下的蠟油，交替著深吻幻姬以及吸吮它的玉莖，而幻姬則用手指摩擦著無聞神田中的陰珠；瞎子無瞳，長髮下垂至她那起伏的翹臀，用手揉壓著幻姬的玉門；侏儒矬兒則在旁提供協助。無瞳將兩根、三根然後四根手指伸入陰道，掌心朝上愛撫著。之後她將大拇指也伸了進去，手成鉤狀，又往裡推進了一寸。有東西在試圖從裡頭沖出來。*不。我的手跟嬰女的節奏沒有同步*，她說。

慢一點，矬兒說道。

愛撫嬰女要慢一點，它抽搐的節奏不協調。

它受到干擾分心了，幻姬說道。*有陌生人在場時一般會這樣。*

嬰女？

幽谷處於興奮狀態時會像氣球一樣變大。有些人，比如我，體內有嬰女，此時會腫脹並將幽谷填滿。當它被撩撥而你很難將東西塞進去時，幽谷中就形成了嬰女。

無瞳撥開幻姬的陰毛和生殖器，並將小陰唇折回去後，再次將兩根手指伸進陰道抵住恥骨。*這，看見了嗎*，她說，像嬰兒頭一樣奮力地想彈出來？撫摸陽臺，就可以把嬰女從金溝中逼出來。

對，我看見了，但之前從沒見過這種東西，也不知道這是什麼。

G點，矬兒說。女性的前列腺。它在興奮狀態時是充血的，血被過濾成血漿或是陰水。裡邊的玉台——用現代語言來說就是陰蒂腳和海綿體——也會腫脹並且其觸角會包裹住嬰女。這些腫脹都會將進入陰道的通道關閉。而當無瞳把手伸進來時，以會陰為泵，將陰能量輸送至小周天，也就是體內圍繞著中丹田迴圈的陽氣系統，也被稱作黃庭或腹腔神經叢。大多數人都因為缺乏足夠的氣，該循環系統是停滯的。即使是行家要保持其持續運行也非易事，能量會容易潰散。要啟動這個系統，首先需要將氣運過下鵲橋，沿脊椎上行，抵達泥丸和上丹田，上丹田的震動會在身體正面將氣向下運行至肚臍和下丹田。一旦氣上下迴圈運轉起來，自身就具備了動力，並像發動機一樣開始搏動，很快將晶體宮炸裂成上千個小晶體並且將你推入白體狀態。

白體？晶體宮？

就是將松果體，丘腦，下丘腦和下垂體連接起來的生物電流回路。一旦打通，它就會像在你腦中點亮了一團明亮的光，光會透過你的眼睛放射出來。

這太讓人驚訝了，但願我能有幸一見。但具體是個什麼機制創造了這"一團光"？

惜精。

抱歉我不是很明白。我聽說過惜精是指在高潮時忍住，使精液倒流以便將陽氣送還腦中。您剛才說的是這個嗎？

不。惜精指的是體內陰莖，即松果體的射精過程，而不是指體外陰莖克制射精的活動。這是為什麼叫做惜精的原因。松果體的確向腦部噴射了液體。

那它噴射的是什麼？請用生物學語言向我解釋。

晶體宮的充電裂變過程會使得松果體內褪黑素的合成速度異常加快，褪黑素是人體內調節內分泌以及誘導睡眠和夢境活動的荷爾蒙。但這並未造成睡意增加，相反，會給你帶來比正常意識狀況下更清醒的感受。你看，氧位元甲基化酶合成的速度也會相應加快，因此將在睡眠荷爾蒙還沒來得及讓你犯困之前就轉變成了甲基化物——蟾毒色胺，因此可以衝破血液和大腦之間的介質，之後再逐漸轉化成簡單的二甲基色胺，而二甲基色胺本身與神經遞質血清素十分相似，足以讓受體誤將其認作血清素，由此導致了意識狀態的奇妙轉變。

血清素是天然存在在人體內的毒品；矬兒繼續說道，在細胞層面篩選著無邊無際的資訊，它將知覺簡化成我們熟悉的時間和空間概念，並影響著我們對常態每時每刻的感知。二甲基色胺穿透這層意識保護殼，使得太虛狀態得以顯現。它同時保留了製造夢境的睡眠荷爾蒙——褪黑素的功效，但是並不讓人想睡覺。它使你在完全清醒的狀態下可以做夢，而你的夢境將是前所未有得真實，因為你是清醒的。你的夢境將和現實交融在一起。此時你已經不能分辨夢境和現實了，你進入了白化狀態。

你是說暈倒嗎？

超意識狀態。能同時體驗截然不同卻同時發生的各種現實，相互重疊交錯。打開心智和關閉心智是同樣去能的過程。

這是好現象嗎？

噢，是的。但只有行家才能做到積聚足夠的氣而昇華至太虛狀態——意即沒有氣，虛無——此狀態下會聚集吸引全部的氣。而幻姬，則是一個特例。它有兩個下丹田，一個卵巢宮和一個精子宮，它們之間的相互作用激發的陰能量與修煉到最高階段擁有正常女性器官的人相比，不是兩倍而是十倍。它產生的能量如此巨大，血漿需要排出來，我們就將其收集起來。

它是怎麼做到的？

一般血漿通過尿道流出，但當嬰女脹大時，斯基恩氏腺則會打開，以容納急劇增多的噴射物。

你們用血漿做什麼呢？

我們將其風乾結晶，這樣就可以在任何時候隨心所欲地進入太虛狀態了。如果你想快速進入白化狀態，可以嘗試一下。提煉的粉末就擺放在外面桌子上的碗中。去吧，走之前拿一些帶走試試。但是不要單獨吸。它效力發作很快，你可能會把煙槍掉落在地，引發火災，而你那時對周圍發生的事情會渾然不覺。

為什麼不從泉裡喝點水就好了？

你不能通過喝它而達到太虛。不是這麼回事。

那他們為什麼在外面的殿內喝呢？

他們飲用長生不老泉不是為了達到太虛狀態，而是為了延年益壽。不通過訓練是無法達到太虛的，你覺得那些信徒受過任何訓練嗎？你覺得他們懂什麼是太虛嗎？飲用泉水只會起到滋陰補氣，強身長壽的功效，進而間接幫助你提升進入太虛狀態的能力，但提煉物是可以直接幫你進入太虛狀態，並且只能用吸的方式。

那如果我們只需要吸一口這玩意就行了，那要訓練做什麼？

當然，通過訓練而達到太虛狀態比較好。但你可以通過吸它讓自己先熟悉一下太虛狀態是什麼感覺。

你的意思是道是一種毒品？

它是製造毒品的技術，幻姬插嘴道。它是方式，方法，途徑。

如果道是途徑，那人們怎麼知道自己在往前進步，或者確認自己在不在路上呢？

它是氣在體內迴圈的路徑，小周天。那是途徑，道。

就這樣？途徑是在體內的真實存在？而不是在其他地方？你可以指出其所在？它不是一種象徵性的靈魂去往精神歸屬之地的道路，而是存在在血液中？不是吧！

它是存在在血液迴圈內，但是同血液迴圈不是一回事。它像電流一樣流動，但與電流不完全相同。它也同樣是一種技術——對，對，用力按琴弦。對，就是那兒，就這樣！

無瞳逐步伸進去兩根，三根然後是四根手指，手掌向上撩撥、刺激著嬰女，仿佛是要將它一把抓住拖出子宮一般。之後，她將手指併攏，逐漸將手往裡推進，直到陰道將其手腕含住，最後像試一雙新手套那樣轉動手腕，將手指再次舒展開。然後她將手抽出，帶出了月光一樣水汪汪的液體，並將液體灑在另一隻手上用來潤滑幻姬的肛門。而當那只手被直腸吞沒後，她同樣舒展開手掌在裡面來回倒騰，像在試戴另一隻手套。而兩隻手都插入到手腕處後，她開始交替做活塞運動，一開始是緩慢地，之後逐漸加速，並將分泌液從前臂轉移到後臂，後來兩隻手抽插速度變得奇快無比，雙手的影像在肉眼看來已成了一片模糊。

射出多少並不重要，矬兒說，重要的是幻姬的陰能量如此強大。只需幾滴即可。但是血漿的量會很多，所以如果你不想被濺得滿身都是的話，就站到一邊去。不管怎麼說你也要讓開不要擋住我們收集。當外射液體進入泉中之後，你就可以喝了。

來了，無聞說道。精液在無瞳的臉上畫出了一朵菊花時，無瞳將嘴從幻姬的玉根移開。*讓開！*

嬰女的腫脹過程比預想中更快速而激烈。矬兒用他事前準備好的甕接住噴灑物。液體流了超過一分鐘，這次收穫頗豐。幻姬的玉具仍處於充血狀態，玉門發出深綠色的光芒。絲絨般的紅色和金色光束在它身體裡打轉、發光，然後在玉門處飛旋而出，傾瀉、積聚在底座上，最後噴向天花板頂端。整個底座彌漫著猶如紫外線燈所投射的暗紫色的光。當噴射物從泉湧狀緩緩漸弱變為汩汩細流時，就說明是時候了。

好了，我們把它抬進去吧，矬兒說。

三個人將現已失去意識、兩眼放出奇異白光的幻姬從底座後的一扇門抬出，進入到長生殿，而最先到達的信徒們已排隊等候多時了。

致謝

　　就像在開始翻譯之前未曾預見到過程的艱辛一樣,在本書完成之時湧上心頭的感動和溫暖也是我不曾預見的。在一切完成即將出版的此刻,原諒我還是矯情地想起這兩句話:"人生本身是沒有意義的,但故事是有意義的","沒有人能不朽,文章卻是千古事"。

　　感謝作者的指導和幫助,讓這一切成為可能。感謝王忱、吳琳娜以及高明哲在翻譯過程中提供的寶貴建議和意見。感謝閱讀此書的你。

黃多多
2014年春於上海

作者其他作品：

在華工作的美國人艾沙姆·庫克了找到曲奇——曾在北京住處附近偶遇的謎一般女子，試圖從莎士比亞的《羅密歐和茱麗葉》，西蒙德·馬蒂尼的畫作"受胎告知"以及路易·阿爾都塞的《列寧與哲學》中發現靈感。同時，露娜，一個情欲力量噴薄、將共同進餐的客人引誘上床的女人，幫助艾沙姆追求第三個女主人公：美麗妖嬈、具體民族不詳的亞裔女性阿黛萊。然而哲學家讓·鮑德里亞的思想逐漸蠶食、解構現實，直至艾沙姆無法區分露娜和阿黛萊，甚至不能辨認自己究竟是白人還是華裔。

帶你踏上一趟如夢似幻的旅行，途中一路伴隨著驚世駭俗觀點的轟炸，《情欲與哲理》既是可"強暴"讀者思想的文學作品，又是包含致幻劑元素的童話故事，同時還是全息立體的羅夏測驗。對於熱衷赫爾曼·黑塞、菲力浦·狄克、詹姆斯·格雷厄姆·巴拉德等另類小說家的讀者來說，是一部不可錯過的讀本。